〔加〕张翎 著

小寒日访程爷

广西师范大学出版社
·桂林·

XIAOHAN RI FANG CHENG YE

图书在版编目(CIP)数据

小寒日访程爷 / (加)张翎著. -- 桂林 : 广西师范大学出版社, 2025.8. -- ISBN 978-7-5598-7989-9

Ⅰ.I711.45

中国国家版本馆CIP数据核字第2025Q2N905号

广西师范大学出版社出版发行

(广西桂林市五里店路9号　邮政编码:541004)
网址: http://www.bbtpress.com

出版人:黄轩庄

全国新华书店经销

北京盛通印刷股份有限公司印刷

(北京经济技术开发区经海三路18号　邮政编码:100176)

开本:787 mm × 1 092 mm　1/32

印张:5.375　　字数:88千

2025年8月第1版　　2025年8月第1次印刷

定价:59.00元

如发现印装质量问题,影响阅读,请与出版社发行部门联系调换。

此时此地的书写

张翎

在我以往的创作经历中,我很少涉及当下题材,总觉得尘埃尚未落定,需要时间来慢慢梳理情绪,建立一个理性的审视距离。但这本小说集是一个例外。这本小说集里收录的两篇新小说,不仅书写了当下,而且还进入了与我极为贴近的生活空间。

在新冠肺炎疫情肆虐的那几年里,我居住的多伦多城经历了五波疫情高峰、数次社交限制令。正常的生活被挤压在一个突兀地缩小了的空间,视野变小了,视点自然而然地也就转向了内心,于是就有了《疫狐纪》。《疫狐纪》是一篇在天井中看世界、充满了个人化情绪的小说,其中的一种情绪是惊讶,因为一夜梦醒,我发现疫情已经修订了词典,改变了审美,重新定义了人际关系。

由于社交限制，大家居家的时间比以前多了，于是就有机会近距离地观察和感知我们习以为常的家居环境。

有一天，我在自家的后院看见了一只狐狸。再后来，我发现它走在街上，是大大小小一家子中的一员。年少时对狐狸的了解，来自动物园、小人书和伴随着赵忠祥抑扬顿挫的讲解词的《动物世界》节目。那时狐狸给我的印象，似乎总是和尖钻、阴险、刁滑这些字眼交织在一起。而这次我亲眼看见它们在街道、公园、居民后院自由自在地进进出出，从春天到秋天，皮毛日渐丰润，神态益发安详，和周遭的环境融为一体。我恍然大悟，是疫情圈围了人类的生活空间，把空出来的地盘让给了动物。其实，在工业文明之前，这块地盘原本就属于动物，疫情为它们打开了一扇被人类长久关闭了的门。

疫情里人和人、人和环境之间的关系发生了微妙的变化。原本熟悉的人，因着社交限制令，却不能时时相见。而原本陌生的人，却有可能在不经意间闯入他人的生活，建立起某种在寻常日子里匪夷所思的亲近关系。亲情、友情、爱情因着疫情而疏隔，理解和慰藉却在陌生人中间，甚至在人和动物之间，突兀地产生，仿佛是从石头缝里长出的一株无根植物。其实根一直是在的，它长在人性的最深处，只是我们的眼睛还没学会偏离日常的寻找方式。这就是《疫狐纪》的骨架。

而充填这个骨架的，是一些小灵感的积累。几只离开了山林巢穴的狐狸，两个素不相识却被疫情推到一起的女人，一对被阿尔茨海默病分隔在两个世界的老夫妻，一个开坏了头的领养故事，一位中年失女的母亲……狐狸和人、人和人在异乡相遇，把他们引到一起的是孤独、疏隔和迷失感，他们都在被疫情改变的新世界中寻找着新的参照物，以建立一个新的坐标体系。他们的交织离合，给小说带来了种种歧路和象征意义，一时让我着迷。

我让他们碰撞、受伤，流出血和眼泪。我不敢确定《疫狐纪》里的人与人、人与动物之间是否最终找到了理解和慰藉，但他们至少找到了可以相安共存的一小方天地。在这个充满了不确定因素的大环境里，相安共存已是难得，我们实在不能奢求太多。

《疫狐纪》的基调是感伤，也是庆幸。感伤是因为疫情重塑了人类的生存空间，改变了人与人、人与自然的固有边界。有些改变是不可逆的，经过了疫情的世界再也回不到从前。庆幸是因为在重塑的过程中，新的边界里生出了新的视角、新的土壤，生命绕过旧的疮疤还在延续。

这个集子里的另一篇小说《小寒日访程爷》，讲的却是一个完全不同的故事。几年前为《劳燕》作田野调查时，在温州关爱抗战老兵义工队的帮助下，我结识了居住在温州郊县的抗战老兵金福元老人。他是当年中美联合抗战训练营中少数几位还健在的老人之一，当时已经九十岁出头，却依旧思维敏捷，腿脚灵便，一年四季都在田里劳作。我和他有过数次长谈，他对年少时所经历的事件尚有清晰的记忆，为我书写中美联合抗战训练营中教官和士兵的生活日常，填补了许多翔实的细节。他一生跌宕起伏的经历，也为我创造刘兆虎这个人物带来了丰沛的灵感。

记得第一次跟金老和另外两名老兵到当地的训练营旧址参观时，县里的领导们闻讯，特意准备了工作餐招待大家。金老有些拘谨，席间话语不多，基本处于有问必答的状态。午餐结束时，他却意想不到地突然起立，双腿并拢，啪的一声向领导们行了一个军礼，从兜里掏出一张百元纸钞，恭恭敬敬地放在桌上，以作饭资。那时，离那场将他从学堂里裹挟而去的卫国战争，已经过去了七十多年。这七十年里他早已从英雄沦为一介刑满释放、终日在田间劳作、无儿无女的乡野农夫。但当年长官深刻在他脑子里的军纪令，他却一直未敢忘怀。那日，饭桌上所有的人，无一不为之动容。

我和金老的联系，并未因《劳燕》的完成而终结。后来的日子里，只要我回国，我大多会抽出一些时间，跟义工队的朋友们去金老家走一走。这期间，他因自己和老伴儿的几次突发病痛而陷入窘境，义工队和我个人都为此发起并参与过筹款活动。义工队成员还为他装修了卧室，安装了空调，他的生活虽离富庶甚远，但比先前有了一些明显的改善。

后来再见到他，每一次都感觉到他的变化。腰渐渐弯了，身子就矮了些下来；腿脚不再硬朗，田里的事，也不再能件件亲力亲为。再往后，他便很少出门，长时间地闲坐在家了。我还发现掌管他唇舌的那根弹簧也越来越松，他的话多了起来，话题却越发单一，聚焦在年轻时轰动一时的壮举，以及壮举之后多年的沉沦和委屈。他年轻时只身深入敌穴的事，我已经在不同的场合听到过几个稍稍不同的版本。义工队的成员都称呼他为英雄，英雄泪让我震惊。再后来，他流泪的次数越来越多，有时会号啕大哭，尤其是当他失去了相依为命的老伴儿之后。

有一次，义工队的一位朋友给我发来一张照片，照片里金老坐在椅子上晒太阳，身上爬着一只大大的绿色的蝈蝈。在阳光底下，金老的眼睛细眯着，看蝈蝈的眼神里，有了几分隐隐的慈祥。那张照片给了我很大的安慰，我在金老的脸上看见了与往事的和解。

最后一次见到金老，是二〇二四年年初。当时我正在温州探亲,元旦刚过,天气和煦,我便约了义工队的三位朋友,一起去乡下看望金老。金老已经卧床,平日里很少起身。屋里光线昏暗,金老的头陷在枕头之中,除去假牙之后,颧骨高耸,面颊塌陷如深渊。我看见了死神翅膀的阴影,直觉上我已经知道那是最后一面了,便提出给金老拍一段视频留念。金老换了一件干净的毛衣,挣扎起身,在墙上自己的军装像下坐直了。当我的手机开始录制时,金老的眼里突然有了光,刹那间出口成章。那是我听过多次的话:骄傲,自豪,委屈,伤感,复杂的情绪你推我搡地涌上来,在喉咙口聚集成一个温热的团。我错了,曾经的英雄和后来的农夫并没有和解。一直没有。

那日离开金老的家,我心里很久都没有平静。我在想英雄的老去,或者说,老去的英雄。但凡一个人年少时遭遇智力大爆发,就会被人说成是天才;一个人年轻时遭遇胆气大爆发,就会被人夸为英雄;而一个人在某一个时段陷入的情感大爆发,会被人形容为激情。这几个词都有一个共同点:它们都蕴含着某种激越和壮烈,但它们都熬不过生活的长久磨损。过于壮烈的事件和情感都很难持久,因为经不得岁月的钝刀日复一日年复一年的慢剐。人若不曾做过英雄,大约也就安于老去的贫困和平庸。但一旦做过了惊天动地之事,却是很难长久地隐忍委屈和寂寂无名的。

那一次见金老时所搅动起来的情绪,很快就催生了《小寒日访程爷》这篇小说。这是我写的离纪实最为接近的一篇小说,金老潜伏在程爷的身上蠕蠕而动,不得安宁。但小说毕竟是虚构作品,发生在程爷身上的事,是许多零星杂乱的事件在一个虚构人物身上的集中呈现,程爷并不是金老。而小说中那个作为媒体人的王钰,则离我的生活更是遥远。王钰虽然不是我,但她却带了我的视角,她眼中所见的程爷里,有我记忆中金老的影子。

在《小寒日访程爷》等待发表的日子里,金老走了。他死在了从九十九岁往一百岁走的路上,终究没有活到一百岁。感谢《收获》和广西师范大学出版社给我这片小小的空间,让我可以借此机会祭奠一位被一场国难彻底改变了命运的人。金老当年在县中读书的时候,大概是没想过成为英雄的。假如没有那场国难,也许他一辈子的话题,就会是关于学生、儿女和年成的。

也借这个机会感谢温州关爱抗战老兵义工队的朋友们,他们带我走向历史的褶皱和纵深之处,让我看见了许多被乡野掩藏起来的热血与感伤交织的故事。

目　录

疫狐纪　/ 1

小寒日访程爷　/ 111

疫狐纪

第1天

厨房里有一扇大窗,站在窗前能看见整个后院。她正在院子里干活儿,但她不知道我在看她。

我的颈子上有一丝凉风,我知道那是小雨在我身后,看着我看她。

黄雀在后。我突然想起一个三百年没派上过用场、早已生锈的成语。

"该上网课了吧?"我忍不住提醒她。

小雨没说话,但我知道她走了。

十九岁零九十八天,这是小雨的年龄。她不会长大。和这个年龄的孩子沟通,你不知道分寸在哪里,一句不合宜的话就能让她变成哑巴。小雨是个不惊不乍的孩子,她用来表达情绪的工具不是语言,也不是表情,而是沉默。

小雨的沉默经过十九年的锻造已经炉火纯青。

院子里的那个女人正在拔杂草。她不能久蹲,只能坐在一张板凳上劳作。八十岁的身体没有奇迹,该消耗的都已经消耗完毕。她只是把她空荡松弛的身体摆扯得比别人略为周正一些,所以我还能找见她颈脖到后肩那根走样了的弧线。这一刻,她的世界就是以那张凳子为圆心画出来的一个小圈。她把一只两爪小锹扎入野草的根部,抬成一个四十五度的斜角,然后将根铲起。两个指头一夹一扯,断了根的野草就落在了身边的铅桶里。无论在院子里还是在屋里,她干什么活儿都有么一股子精准较真的范儿,像是在解剖青蛙,或者是检查合成电路。

五月在多伦多是个找不出什么词来形容的尴尬时节,离冬天远了些,但离夏天还差几步路。倒是白天见长了,太阳开始有些小劲道。阳光里她的头发是一朵扬着絮的金色蒲公英。昨天她是一团银色的绒草。我们是谁,在白天取决于光线,在夜晚取决于梦境。

它就在她身后的那棵大枫树下,离她十余尺远,最多十二尺。我没看见它是怎么进来的,它仿佛是从地上冒出来的。我的第一反应认为它是狗,又很快知道不是,不仅因为它尖长的脸颊和嘴,还因为它的步态和神情,它没有狗身上那种在人群中厮混熟了的市井圆融。过了一会儿我才意识到那是狐狸。在我心里,狐狸出没的场所只能是童书、动物园和电视节目。每当我想起狐狸,就会想起赵忠祥低沉抑扬顿挫的解说词。当它甩脱童书、电视和赵忠祥,独自出现在都市人家的后院时,它突然变得不像它自己。就如同在一个尺度很大的夜店里,你猛然撞见平日里正襟危坐的古汉语老师一样,参照物的突兀转移会将你抛出惯性思维的轨道,让你一时迷糊。

它大概刚从冬天的洞穴里走出来,瘦骨嶙峋,皮毛上满是斑癣,火红的颜色在那一刻还纯属惯性带来的联想。它沿着篱笆走了一遭,咻咻地闻着脚下的地,好像是为了辨识地界,又好像是为了寻食,它所过之处皆悄无声息。后来,它靠着枫树,在那个女人的身后坐了下来。女人没发觉任何异常。她在干活儿的时候背对所有,目空一切。五月中旬的树枝上还只有嫩叶,树荫尚未形成,它身上洒着大片的斑驳的阳光。兴许它就是为了这棵树这片阳光来的,可是,哪里没有树没有阳光呢?

我没敢提醒那个女人,怕吓着她。当然,我也怕吓着它。疫情把人的活动半径裁去了一圈,兽走进了人让出来的地盘。兽和人都在新的边界线上试试探探,它的每一根毛尖都颤动着惊恐和不安。它和我都身在异乡,它的胆小让我心安。我愿意在有阳光的日子里见到它,看着它的皮毛渐渐变红，知道夏天来临。

我拿出手机，拍了一张女人和狐狸的合影：女人意识之外的狐狸，狐狸视线之内的女人。

今天是我来到女人家的第三天，也是我和狐狸第一次相遇的日子。我用编辑笔在照片上写下了"第一天"。后来再看到这张照片时我才醒悟过来，其实冥冥之中我已经知道我和它还会再见。我不知道为什么我会把和它初次见面的日子（而不是进入女人家的日子）定为元日。

我马上把照片发给了小雨。"一个人一生里能有几次机会在后院遇见狐狸？"我加上了注解。

"Lillian阿姨，吃早餐了。"我打开窗户，对院子里的女人说。现在是八点四十二分，我本该在十二分钟之前提醒她。她的日程规律得像米达尺画出来的一条直线，八点半吃早餐，十二点半吃午餐，下午六点半吃晚餐。但今天，狐狸搅乱了她的时间。

她抬起右手，把被风吹乱的头发拢在耳后，起身，收起凳子、工具和铅桶。

我眼角的余光里已经不再有狐狸，它已在她转身之前消失了。

第-10天

"我们需要问你几个问题。"凡·丹伯格太太用南腔北调的普通话对我说。后来我知道她也说口音很重的英文。

"特树庆况,愿谅,请你。"凡·丹伯格先生从屏幕的右上方插进来,用破布絮一样的中文替他妻子作着补充。屏幕有些暗,他那颗头发蓬松的脑袋看上去像一株挂歪了的吊兰。背景里有个孩子在跑来跑去,嘴里发出呜呜的声响。

我是从小雨常用的那个留学生互助网站上发现这则广告的。公寓租约快要到期,我不想再续。我离饿肚子还有好几百公里路,我仅仅是不想坐吃山空。这份差使能满足衣食住行里百分之五十以上的内容。

"不要一脸猴急。"我的耳根一热,那是小雨在悄悄提点。一个才上大一的孩子,如今她比我识得世面,我混场面时需要她不时提点,白白浪费了我一整个前半生的阅历。

"问吧。"我说,语气不卑不亢,不疾不徐。

"你是一个人吗?"凡·丹伯格太太问。

我猜想这个问题的硬核是婚姻状况。迟疑了片刻,我才说:"是的。"

我甚至想好了下个问题的回答:"离婚,不可协调的分歧。"这是我在八卦新闻和美剧里最常听到的分手理由。它像一块大披肩，遮挡住了华丽袍子上的无数黑虱。我不用告诉他们那些找上门来的女人和银行账户上时不时消失的金额。没有人喜欢黑虱。

可惜，别说黑虱，连披肩也没用上。凡·丹伯格太太没有在这个问题上深究。

"对不气，因为，Covid。"凡·丹伯格先生继续用中文为他妻子的问题作着笨拙的解释。

Covid和我的婚姻状况之间的关联是我在结束了视频对话之后才慢慢醒悟过来的：他们希望家里人口简单，减少感染几率。疫情修订词典，改变审美，让一切粗鲁变得合理。

凡·丹伯格太太消失了几秒钟，突然，屏幕上涌来一股白色的潮水，原来她去开灯了。现在他俩都坐得离摄像头很近，脸看上去像两只被拍烂在玻璃窗上的冬瓜。

"你可以合法工作吗？"她问。

"我有部长特许居留，正在等待枫叶卡。"我答。

"你会讲几句英文吗，假如遇见紧急状况？"凡·丹伯格先生换成了英文问我，我和他同时松了一口气。

"不遇见紧急情况也会说，而且比几句略多一些。"我也换了英文回他。口音没有完全盖住那丝刻薄（这个词在某些场合也可以理解成幽默），他哈哈哈哈地笑了起来，屏幕上泛起了波纹。

"你还拥有哪些技能？"他问。

他的笑声大大鼓励了我，我顿时失去轻重平衡，口中隐隐似有莲花开放。

"技能没有，本能有。会开车，急了也能换轮胎，知道怎么使用电钻和千斤顶。能在第一时间听见火警和二氧化碳警铃。不畏高，能爬梯子，必要时也能跟保险公司磨嘴皮子。煮得熟饭，懂得基本荤素搭配。除了打架、织毛衣，其他都会。要是把我们同时丢在荒岛上，保不准我能先逃出来，运气好的话还能返回来救你……"

"更年期。"我似乎听见了小雨在嘀咕，立即戛然而止，满舌头都是没吐干净的话渣子。更年期是小雨对我所有行为的万能解释，就像抑郁症是适合于一切莫名症状的均码帽子。

时间停摆，飞尘在半空驻停。屏幕一片死寂，凡·丹伯格夫妇的五官固定如山石。一场刚刚开幕的戏已经被我演砸。无可救药的更年期女人。

半响，我看见他们的嘴巴渐渐扭曲变形。我是在听到声响之后才明白过来那是笑声。

"我妈一切都能自理，就是不会开车。家务事不是主要责任,你管好她三餐营养搭配就行了。主要是三年前她发过一次心脏病,现在有限制令,万一有个意外,你在,能救个急。"凡·丹伯格太太说。

我猜这大概就是录用的意思。也就是说,我会的那两脚正是他们需要的,而我不会的那九十八脚,也还在他们的容忍范围之内。

"我们住在纽约州的罗切斯特,麦克在市政厅工作,疫情中间也开放,每天都接触不同的人。所以,我们不敢回去看妈妈,怕身上带着病毒。"

过了一会儿我才明白她说的是她丈夫。

"薪酬已经在电邮里说过了。你觉得什么时候可以……"

现在猴急的是她,我已经明显占了上风。

"我还有问题。"我制止住了凡·丹伯格太太。

"老人家叫什么名字?"我开始反守为攻。

凡·丹伯格太太怔了一怔才说:"我妈姓周,大家都叫她Lillian,这么叫着方便。"

"她有几个子女?"

"就我一个女儿。"

"她从前是做什么的?"我追问道。

凡·丹伯格太太神情犹豫,仿佛我问到了她的内裤尺码。

"我需要了解一点背景,跟她沟通起来比较容易。"我解释道。

理由很充足,而且没学他们的尿样拿疫情来说事。她被逼到了墙角。

"干了一辈子技术活儿。"她终于说道。

"技术员?"我不依不饶问。

"算是吧。"她说。

"老人院那边,亲爱的。"凡·丹伯格先生提醒妻子。

"我爸有老年痴呆症,住在老人院里。现在不开放探视,只能通视频。我妈想通视频时,你一定要事先通知轮值护士,她好安排我爸连线。联系方式我电邮你。"

"你有什么要求吗?"凡·丹伯格先生问。

我能有要求吗?我急切地想搬出那个公寓。我其实没有选择。

我假装在认真思考,半晌,才回答说:"请转告你母亲,未经允许不要进入我的房间。"

这是一个安全的、实施起来很容易的要求,它其实只具备象征意义:那是一个人不值一文的自尊。

视频完结后我才突然想起,这是我人生的第一次面试。我走出大学校门就嫁给了小雨爸爸,除了在他公司断断断续续地管过几年账，我没上过一天班。我一辈子吃的都是那个男人的饷，先是作为他的妻子，后是作为他女儿的母亲。

带着疫苗注射证明和相隔五天的两次核酸阴性报告，我走进了Lillian的家门。

第10天

狐狸又来了，这是第三次。我站在窗口，第一眼里还没有它，第二眼里它就在了。

我见过松鼠、浣熊、野兔、臭鼬，还有蓝松鸦、红脯罗宾、黄莺。它们或是沿着树干爬行，或是从草地的一头蹿到另一头，或是在树枝间飞来飞去。它们都有一条行动轨迹，你看得见它们的首尾。但是狐狸不同。院子的篱笆上没有容许它穿越的窟窿，但它总能猝然出现，猝然消失，它的来去仿佛是刹那间的一丝风。我开始怀疑是否真有遁地而行一说。

它每次出现，都是在八点一刻左右，它的早餐之后。早餐是我对圈养动物的惯性想象，野生动物的进食纯属饥饿和运气的偶然碰撞。

今天狐狸显得有些躁动不安，沿着篱笆走了一圈又一圈,迟迟不肯在枫树下落座,长着一圈白毛的尾巴尖在轻轻颤动。后来我才明白,狐狸是在空气中嗅出了Lillian的情绪,狐狸是Lillian的镜子。

Lillian又坐在板凳上拔野草。院子里时令最早的水仙花已经开败了,郁金香正红火,其他的多年生植物刚刚长出新枝。新枝在地底下憋过了一个严冬,钻出地面时都是紫酱色的,长开了才会慢慢褪去那份面红耳赤的愤怒。野草已经长过了三茬,时下最猖獗的是蒲公英,黄色的花朵像浮在油上的火苗子,扑了这团,还有那团。

院子里的事,除了割草、浇水这样的粗笨活儿,Lillian很少让我插手。"不懂,添乱。"她说。那份不屑仿佛来自一股三世为农的底气。以小板凳为圆心画出的那个圈是她一个人的城堡,容不得他人插足。可是今天,在她的城堡里她并未安心。她的手有些颤抖,两爪小锹挖出来的是蒲公英的花枝而不是根。根不除尽,一眨眼又是另一生。

"Lillian阿姨,吃早饭了。"我推开窗喊她。现在是八点四十五分。只要狐狸在,我总会往后推延她的早餐时间。我想让它多待一会儿。我不知道它怕不怕我,但我知道它怕她,它总会在她起身的那一刻消失。

吃完早餐后,我洗碗,Lillian在我身后磨磨蹭蹭,半晌,才犹犹豫豫地问:"小陈,会剪头发吗?我几个月没去过理发铺了。"

我摇头。我的十八般武艺中,偏偏缺了剃头这一招。

Lillian开始游说我说:"很容易的,分三层剪,里边短,外边长,各相差一厘米,这样剪完了,最外边这一层自然朝里弯曲。"

Lillian的讲解听起来像深入浅出的中学课程,我一下子懂了。

我搬了一张椅子,让Lillian围了一条毛巾坐到后院的阳台上。太阳这时已经升到树枝分杈处了,草地上是一块块深深浅浅的光影,风起时影子勾肩搭背地跳舞。Lillian的头发依旧厚实,捏在手里是满满的一把,从头到尾白透了,白得清楚彻底,稍稍一抖就闪着一丝淡淡的蓝。

"到了你这个年纪,我很少看见腰背还这样挺直的。"我说。

好好的一句夸奖从我嘴里出来就带上了一根毛刺。八十岁又怎样?到了八十岁查尔斯王子恐怕还在排队等着当国王呢![1]

"从前在大学里演话剧,练过形体,肌肉还有记

---

[1] 2022年9月8日,英国女王伊丽莎白二世去世,查尔斯王子继承王位。9月10日,英国登基委员会正式宣告查尔斯三世为英国君主。——编者注

忆。"Lillian没有在意毛刺，或者说，她压根儿没有觉出毛刺。在她这个年纪，哪怕是等着当国王的，得到的夸奖已经有限，每一句都得当真。

Lillian指导有方，成果基本如愿。半个小时后，剪短了的头发在她耳后绕成了一个弯，她的脸在那一刻是一片利落的废墟。在冲澡之前，她吩咐我给朱迪打个电话，让她安排十点一刻和叶千秋通视频。叶千秋是Lillian的丈夫，朱迪是叶千秋的主管护士。前两天我问过Lillian要不要和老人院通视频，她不置可否。今天是她主动要求。

我突然就懂了，她的头发想见叶千秋。

我在卫生间里清洗剪刀和毛巾上的碎发屑，洗脸池上的镜子正对着Lillian的卧室。镜子有手，伸出指头轻轻一钩，就把房间里的情景近近地扯到了我眼中。Lillian的平板电脑连上了网，一阵地动山摇后，屏幕稳定在一堵白墙上。白墙渐渐上升，镜头落到一张白色的小床和一个白头发的小孩脸上。是的，我没说错，是小孩，一个脑子里所有乌七八糟的记忆都已被时间涤荡干净的老小孩。

"老叶，你好吗？"片刻沉默之后，Lillian先开了口。

"好，嘿嘿，好。"老头儿摇晃着身子说，蚕一样白胖的脸上浮起一团茫然的笑意。

"知道今天是什么日子吗？"

"知道，嘿嘿，知道。"老头儿把所有的回答都重复了两次，似乎坚持就是一种证明。

"五月，二十五号，你说，是什么日子？"Lillian一字一顿地给他递着线索。

老头儿的五官突然扭成了一团，太阳穴上有一根青筋在游走，那是脑子在找路。路歪歪扭扭，老头儿走了几步就走丢了，眼角一垂，似乎要哭。

"娟子哦，娟子！"老头儿别过脸去，冲着门外大声号叫。这家老人院是中国香港人出资建造的，护士都会讲中文。"娟子知道，你问娟子。"

"George啊，George！"走廊深处传来一个女人的狂喊，接着便是一片嘈杂和混乱。脚步声，物件翻落声，哭声，安抚声。有人从外边关上了老头儿的房门，世界重归寂静。

"老叶，老叶！"Lillian喊了几声，才把老头儿的魂招回来。老头儿看着她，又仿佛没在看她，目光穿过她，虚虚浮浮地落在一个无名之地。笑容还在，但那笑里却有些悲从中来的意思。

"你知道娟子在哪里？"Lillian盯着老头儿问。

"他们把她拉走了。"老头儿嘴角一瘪，呜呜地哭了起来。

Lillian看着老头儿用手背窸窸窣窣地擦着鼻涕，蚕皮似的脸上满是青黄水迹。二人再无话，便关了视频。Lillian呆呆地坐着，陷在椅子里的背影很瘦，肩胛骨高高地戳着衣服。

"是生日吗？"我探进头去，小心翼翼地问。

"妈，那是人家的隐私。"我仿佛听见了小雨的提醒。即使是气急败坏，小雨的声音依旧听起来波澜不惊。

我知道我问了这句话，就坐实了自己在偷窥偷听。我只是管不住自己的嘴，都是那两根肩胛骨惹的事。

Lillian没说话。沉默是最尖利的羞辱，我讪讪退出去。走了几步，我才听见她的声音颤颤巍巍地飘出她的房门："五十五年，结婚……"

五十年是金婚。六十年是钻石婚。五十五年是什么？金钻？还是钻金？

"那个娟子是谁？"我问。

Lillian走出来，倚靠在门框上，隔着走廊看我用抹布蘸着清洁剂擦拭水龙头上的水垢，一下，又一下。

"是我。那时演话剧《橘颂》，他是屈原，我是婵娟，后来他就叫我娟子。"半晌，她才说。

我被这句话一下子压瘪，终于知道，天底下能说的话很多，管用的却很少。她心里的那个洞和我的一样，无可修补。

"Lillian阿姨，你知道院子里有狐狸吗？我拍了几张照片，你和狐狸的。"我突然说。这不是我想说的话，可是我不知道我想说的到底是什么。

女人怔了一怔，突然，脸涨得赤红，毛孔粗如猪皮。

"为什么要偷拍？你想干什么，拿这些照片？"她的声音撕裂了，每个字都冒着青烟。在这个言语和情绪都很节俭的女人身上，我第一次看到了愤怒。

第14天

自那天以后，我和Lillian之间的沟通几乎降到了零。除了我简洁的招呼和她更为简洁的回应（基本由嗯、哦之类的语气词构成），我们几乎完全生活在沉默中。和她在同一张桌子上吃饭，堪比中世纪的任何一种酷刑。我们中间隔的是果冻一样凝结的空气，每一粒米饭都是扎在喉咙里的针。

除了去后院劳作，大部分时间Lillian都待在自己的房间里，安静得让我时时刻刻都活在关于她心脏的各种可怕联想之中。可是每顿饭她都按时出现，除了沉默，并无异常。每一次我经过她严实得没有一条缝的房门（那是去卫生间的必经之地），那些堵在食道里未能消化的食品都在化为柏油一样的液体，从我的毛孔里渗出，将我的皮肤熏成一张黑纸。

你以为你是谁，约克王妃？女神卡卡？迪丽热巴？赵丽颖？怕我会隔着门缝拍下你的两根肩胛骨，奉献给八卦新闻网站？

我突然感觉身上的每一个毛孔盖都在扑哧扑哧地跳动，像迷你蒸汽阀门。我在屋里再也待不下去了，忍不住打开后门，冲进后院，在阳台的台阶上坐下来，牛一样地喘着气。

天空瓦蓝，没有一丝云，像一匹扯得很紧的土布。左侧花圃里，旧年的玫瑰已经爆出无数蓓蕾，维多利亚节里种下的喇叭花正在盛开，红的、粉的、白的、紫的，一朵一朵相互别着苗头。花儿不知道人间有瘟疫。花儿也不知道这座房子是樊笼。狐狸知道。狐狸已经好几天没来了。狐狸闻得出这里的空气已经变馊。

"妈妈快憋死了，救救我。"我拿出手机，给小雨发了一条信息。我知道这是枉费心机。纵使我赤身裸体、毫无廉耻、满街狂奔、撕心裂肺，她都不会回答。十九岁零九十八天，我的小雨。母亲不过是她蜕在世界上的一层皮。可是皮也有毛孔，也需要呼吸。

是的,我快要憋死了。我已经两个多星期没见过除了Lillian之外的任何人了。凡·丹伯格太太(她的中文名字叫丹丹)给我的禁令(通常以"请"字开场)很长,可以绕地球两圈仍有盈余。

"请不要出门,哪怕是散步,所有的食品我会网购给你们。你可以没有症状,但依旧可能携带病毒。"

"请不要和快递员直接接触,让他把邮包放在雨棚里。"

"请不要把快递直接带进屋里,要先用来苏尔纸巾消毒。"

"请不要和邻居近距离说话,尤其是靠右手那家,她在医院工作,什么病人都接触。"

"如果需要取处方药,请不要去药房,打电话让他们送货。"

"日常所需提前告诉我,请不要临时出门采购。"

请不要。请不要。请不要。

为什么不直接订购一个真空玻璃罩,把我们从头到脚裹住,隔绝病毒,隔绝世界,无菌无毒无声无息无风无雨无悲无喜。反正我们不是死于病毒,就是死于窒息。失去呼吸难道不是一切死亡证明上的直接死因?

这时,我感到耳膜上有一丝颤动。那是风。说风实在有点夸张，至多只是空气发生了一丝精密仪器才能测量得出的轻微位移。我的耳膜告诉我发生了什么事，就在我视线右侧大约一百二十度角的位置。耳膜也有眼睛。

我不敢发出动静，只是将颈脖一毫米一毫米地缓缓朝右挪动。我的视野里出现了狐狸。刚刚平息下来的毛孔盖子突然被再次掀起，汗毛一根根竖成了针叶林。

天！那是两只狐狸，一大一小。

这是我第一次面对面地和狐狸对视，从前我们之间隔着一层厚厚的玻璃。我们的目光在空中无声地相撞，六只眼睛同时怔了一怔。我纹丝不动，它们开始缓缓后退。

我闭上眼睛，太阳在我的眼皮上盖下一个金红色的印章。

"上帝，不要让它们走开，求你……"

我慢慢睁开眼睛，它们依旧还在。它们的视线已经如雷达般将我从头到尾扫描了几遍，它们嗅出了我的无趣和安全。警觉的探针平复下来，它们对我失去了兴趣，开始在院子里巡游。

那只幼狐还很小，个头只有大狐狸的一半，走路的姿势有些古怪，一蹦一跳的，像袋鼠。原来它的一只前腿已经伤残，伤腿失去了筋骨的支撑，软绵无力地蜷缩在肚腹下面。它正在努力重建新的平衡系统，用三条腿的力气，来追赶四条腿才能抵达的速度。

我的心揪成一团。它在还没学会走路时,可能就已经失去了一条腿,世界何等残酷。我不知道伤害它的是什么东西。也许是一块滚落的石头,也许是一根被风刮下的大树枝,也许是一只护家心切的恶犬,也许是一只跟它抢食的同类,也许是一记来自人类的棍棒。不管是什么,我都想用最龌龊恶毒的语言诅咒他们,愿他们坠入最深黑无底的地狱。我甚至诅咒它的母亲,那只大狐狸,它为什么不用自己的一条腿来换取儿女的健全?如果不能为儿女赴汤蹈火决然舍身,这世界上为什么还要有母亲?前几次在院子里看见那只大狐狸时,它显得如此安然如此宁静。能够在儿女经历劫难时不动声色的,一定不是真正的母亲。

今天它们行走的速度有点快,几乎像小跑。大狐狸并未格外在意小狐狸的伤腿,甚至没有慢下来等它一等。它们沿着篱笆来回奔跑,像是在逃离一场看不见的灾祸,又像是急切地奔跑在归家途中。偶尔停下来时,它们用前蹄和尖嘴刨土,翻找旧年丢弃在地里的果实。一圈又一圈,周而复始。后来它们跑累了,终于在枫树前停了下来,用鼻尖一抽一抽地嗅着树干,开始啃树皮。疫情已经改变了肉食动物的肠胃。

我悄悄用手机拍了一段视频,发送给了小雨。"两只狐狸同时出现在后院，是什么兆头？"我等了一会儿，没等到回复，便鬼使神差似的，又将视频转发给了另外一个人。

"这是现在院子里的情形。你悄悄走出来，就会看见它们。"我加上了说明。

过了几分钟，我的颈脖感到了一丝重量。我背上的眼睛告诉我，她出来了，没穿鞋子，佝肩耸背，把身子尽量缩成最小体积，悄悄地穿过木头阳台，在我身后坐下。狐狸抬头看了她一眼，很快将她归为我的同类，不再搭理。大的那只靠着树身躺卧着，两只前蹄铺展开来，神情慵懒得像只怀着身孕的猫。它已经不是我最初看到它时的模样了，肚腹圆润了一些，皮毛有了隐隐的金红色的光泽（我不想知道它肚子里的内容）。小的那只从树后的枯叶堆里搜出一只空矿泉水瓶子，用一条前腿帮衬着尖嘴，用力撕扯着塑料瓶身，嗞啦嗞啦的声响有些瘆人。

"一只空瓶子能吃出什么山珍海味？"我自言自语说。

"磨牙。"她说。

"也不护好自己的犊子。"我听出了自己语气里那丝不知出自哪一门子的怨恨。

"总有不听话的儿女和罩不了儿女的父母。"她叹息说。

"你没看见那只大的，都不等一等小的，只顾自己跑路。"我依旧愤愤不平。

"它在教它,小的总得学会自己生活。"

这是这几天里我们之间唯一一次接近于谈心的对话。

"那天,我看见你和狐狸同框,怕它跑了,不敢招呼你,就拍下了那些照片。"我期期艾艾地说。这是我迂回的道歉。

她没吱声,半天才说:"转发给我吧。"那是她婉转的原谅。

在这个瘟疫画出的牢笼里,我们是难友。除了结盟,别无出路。

"丹丹真贴心。"我找出了一句自认为安全得体的话。

她哼了一声,我听不出那是赞同还是嘲讽。

"她欠我。"她面无表情地说。

我情愿小雨也欠我,欠一座喜马拉雅山一汪太平洋我也认了。可是小雨没给我这个机会。我永远不能像Lillian说丹丹那样控诉我的小雨。

"她来的那年,我四十岁,等她长到十八九二十岁,正该人管的时候,我管不动她了。"她似乎听见了我肠子里走动的心思,跟我解释说。

"她看起来那么懂事。"我试探着把问话装在了一个陈述句中。

"亡羊。"她说。

"你的车这么久没开，还能动吗？"她很快转换了话题。

"我隔一两天就启动一下，没问题。"我说。

"那好，我们出门。"她拍了拍我的肩膀，站起身来。那不是征求意见，而是告诉我她的决定。

"去哪里？"我吃了一惊，问。

她呵呵地笑出了声，是那种恶作剧得逞后的得意之笑，状如孩童。

"哪家超市卖猪杂碎和便宜的鸡翅鸡腿？"她问我。

"丹丹说需要什么她去网购。"我犹犹豫豫地说。

"我喂狐狸的东西能让她买吗？自找啰唆。"她头也不回，径直朝屋里走去。等我回过神来，我已经尾随着她走进了厨房。

"她不允许我们出门。"我说。我的语气里已经出现了第一丝裂缝，她立刻见缝插针。

"卫生部都没有禁止出门，她的话是法律吗？管个屁用。"我第一次从那张干净的嘴里听见了与消化道相关的词语。

"万一……"我欲说还休。

"你我都打过两针疫苗了，再戴上两层口罩，离人三米,要是还染上了,世界上一半的人都得死。"

"可是,要是丹丹知道了……"

"除非你告密。"她坐到车库门前的那张穿鞋凳上,慢条斯理地系着旅游鞋的带子。

我如释重负,每一个毛孔都嘶嘶地通气。那是越狱的欣喜。

第23天

狐狸勾出了我们心底那一丝隐秘的不安分的欲念,我和Lillian从那天起,就在凡·丹伯格太太(哦不,丹丹)的监控下过起了双面人的生活。在丹丹看得见的时候,我们是严守规训的中学生,在她看不见的时候,我们是探险家哥伦布、麦哲伦。在早饭和午饭之间的那个空当儿里,我们每天出门(Lillian管它叫"放风")。刚开始我们只是在家门口胆战心惊地转一小圈就回来,后来我们的胆子越来越大,行踪越来越野,穿过街区公园,走入林间小道,直到一条小溪挡住我们的去路。

Lillian让我开车带她去家居五金商店买木板、电钻、铁钉、油毡、木屑,去华人超市买猪杂碎、鸡胗儿、鸡爪、鸭脯,去西人超市买哈根达斯冰淇淋(那东西无法网购)。

我们购买的货物都不是日常所需，那是丹丹的管辖范围。我们必须持续地、信誓旦旦地让丹丹相信我们足不出户。Lillian防贼似的防着她的女儿。

我和Lillian制定了一套缜密复杂的行动方案来抵抗病毒、应付丹丹、笼络狐狸。我们（确切地说是我）在车库里隔出了一个角落，用新买的电钻砸下一排钉子，悬挂我们从外边回来时脱下的外套和口罩，免得把脏东西带进屋里。省政府允许室外不戴口罩，若遇见迎面走过的行人，彼此绕开一个安全距离即可。可是我们还是决定小心行事，戴上了丹丹从美国寄过来的医用级别口罩。我们在屋子的每一个进出口处都摆上消毒洗手液，用烧香拜佛式的守时和虔诚，逼迫彼此吞下一把把提高免疫力的维生素胶囊。

对丹丹隔三岔五发给我的各种指令，我早已应对自如。我及时而恭敬地回复"明白"、"知道"、"OK"、"放心"、"好的"、"没问题"、"交给我吧"、"谢谢提醒"、"就这么着"，等等。我突然发觉我的语文功底大见长进，尤其在同义词的使用上已经抵达登峰造极的水准。

对于丹丹源源不断的物资供应，我渐渐感觉不安。那纯属是狗咬耗子式的操心。有一天我突口说了一句"凡·丹伯格先生没意见吧"，话一出口我就后悔了。每次走三步整好的时候，我总会多事地跨出第四步。Lillian立刻懂了，倒也没恼，冲我一笑，说："我在上海闹市区的房子，你说可以够我吃多少顿饭？"我想说那得看房子有多大，胃口有多好。这时小雨在我的脑袋里咚咚地擂着鼓，我最终还是没有迈出那第五步。第四步已是弱智，第五步是压根儿没脑子。

丹丹是程序员，在家上班，时间自由，八爪章鱼似的在公事、丈夫、女儿和父母之间浮游，她一天里发来的各种微信信息可以汇编成一本书。

"精力无穷。"我惊叹地说。

"从小就是这个样子，一哭能哭整整一宿，一眼没看紧能爬十里路。"Lillian说。

丹丹的信息容易对付，可以随时随地回复，但应付她频繁的不可预知的视频要求却是件费智商的事。我和Lillian列出了一串不方便接视频的借口，如上厕所、洗头、洗澡、在后院干活儿、起晚了、正跟网课学太极、午睡、手机没电，等等。有一天下午Lillian不小心使用了一个一时兴起的借口，说在和肖阿姨通电话（肖阿姨是Lillian在北京的老同事）。时值国内凌晨三点半，这个四六不靠的时间点让丹丹起了疑心，她倒是没往别的方面想，只是害怕她父亲脑子里的那一锅酱是不是也洒给了她母亲。丹丹立刻给我打电话求证。当时我们正在家居商店买密封胶，丹丹问我怎么有这么多背景杂音，我急中生智用"正在看电视"和"肖阿姨刚才有点急事要找你妈咨询"为由，最终有惊无险地扑灭了一场有可能烧毁一座森林的大火。

"偷汉子被逮了个正着。"Lillian嘀咕着说。

我听了笑得天昏地暗，直笑到眼中溢泪。我已经忘了我竟然可以活得如此没脸没皮，忍不住想起《聊斋志异》里那些深夜潜入书生房中的狐狸精。自从院子里出现了狐狸，Lillian说起话来就时不时地沾了些邪气。伙同外人欺骗母亲不是新闻，母亲生来就是活该受骗的人，这个角色注释已经明明白白地写在了宿命里。而伙同外人欺骗女儿才是新闻，那是Lillian独一无二的创举。Lillian的创造力让人目瞪口呆，一天天地翻着新。

今天我们不出门，我们要动土开工盖狐狸窝。狐轩是Lillian给狐狸窝起的名字，文绉绉的，听得我起了一身鸡皮疙瘩。倒也算不得是心血来潮，自从那次我们在后院看到那只残了腿的小狐狸之后，她就生出了这个念头。后来狐狸还出现过两次，但每次都是大狐狸，我们再也没见过那只幼狐。这几天Lillian一直坐在餐桌前，在卷尺、计算器、米达尺、圆弧尺、模板尺的重围之中，用最原始的方法设计狐轩的图纸。上一次我见到这些玩意儿是在我爸的办公室，那都是三十多年前的事了。Lillian一张一张地画，一稿一稿地改，鼻梁在老花镜的挤压下蹙成一个线团。这就是他们那一代人的样子，事无巨细地较真。

小雨也是这样想我的吧？每一代有每一代的较真，每一代都鄙夷前一代较的那个真。前一代算什么东西？都是些没有一个毛孔的榆木古董，为一些毫无意义的芝麻鸡毛烧脑烧心。但倘若前人不较他们的那个真，还会有万里长城吗？

"你出国还带这些东西？"我好奇地问Lillian。

Lillian从鼻孔里哼出一声嘲讽，说："带着做个念想儿罢了。都是四五十年前用过的东西了，那时候还是刀耕火种。"

我父亲发迹之前也干技术活儿，在一个三千人的工厂里管土木工程设计。那时他天天回家吃饭，吃完饭和我一起搭积木，有时也让我坐在他的自行车后座上，带我去他的办公室，看他画设计图。偶尔他也驮我去施工现场，我有一个最小号的安全帽。Lillian的图纸对我来说不是盲文。

"你看哪个方案好？"Lillian认真地征求我的意见。

我有些受宠若惊，顿时头重脚轻起来，一脚踩到云里，说："这一稿像别墅，这一稿是湖边公寓，这一稿是交谊会所。都好，只是不像狐狸窝。"

Lillian扭过脸来看着我，仿佛吃了一惊，说："这话老早就有人说过。当年在干校，老叶写了好几篇检讨，就是因为有人说他把猪圈盖得像安徒生童话里的小屋。"

"他会盖房子？"我问。

"那对他不算个什么事，小菜一碟。"Lillian摇了摇头，对我学龄前水准的提问表示深切的同情。

"他这个病有多久了？"

"说不好，当时只觉得他说话忘词，突然有一天，我打开冰箱，发现里边有一只鞋子。"

我听过很多老年痴呆症病人的故事，哪个里头也没有鞋子。这个细节很温文，远够不上惨烈，可不知怎么的，我感觉有些揪心。

"他那个大脑可不是吹的，千百个寻常人凑在一起也填不上他的一个角。"Lillian说到千百个的时候，伸出一个手指头在空中画了一个大圈，把我绕了进去，却把自己留在了外边。

本来不过是一份无伤大雅的小自得，却因为囊括了我，这个圆圈就有了一丝得意忘形的傲慢和轻狂。我一下子被惹恼了。她以为她男人是谁，爱因斯坦？图灵？李政道？杨振宁？

"那又怎样？现在连老婆也认不出。脑子是个定数，早用了早空。"我脱口而出说。

这话我从前说过,那时说的是美貌,是对那些找上门来的女人说的,今天我临时把它换成了脑子。说完了我浑身通气,过了一会儿我才觉出残酷。有必要和这个岁数几乎是我一倍的女人较鼻尖上的那点真吗?可是话已出口,说出去的话是泼出去的水,覆水难收。

Lillian把米达尺搁下,定定地看着我,看得我浑身发毛。有一个小鼓包在她的额角隐隐跳动,那是憋急的情绪在急切地寻找出路。我闭上眼睛,等待轰的一声大爆炸,宇宙沦为一片废墟,我成一堆齑粉。

我等待了差不多一个世纪,终于听见一个声音钻过一条长长的隧道,嘤嘤嗡嗡地传了过来:"你仗着年轻就可以这样说话?你妈没教过你?"

宇宙毫发无损,我也没成齑粉,只是蹭伤了一层皮。一股热潮涌上了我的脸颊。我知道我不能开口。假若我此刻开口,从我嘴里飞出去的必定是毒箭和匕首。

我冲进卫生间,哗哗地开着凉水洗脸。她有她的死穴,我有我的。我不知道她的是什么,她也不知道我的是什么。我不能去碰她的,她也不能来碰我的。伤害面前人人平等。

擦干了脸,我在镜子跟前待了几分钟,直到鼻孔渐渐变小才出来。

"我不知道你说的是哪个妈。我有一个亲妈,三个后妈。"我站在她身后,语气平静地说。

她的肩膀颤了一颤,僵住了。我看不见她的脸,但我知道她的五官此刻凝固如木雕。空气绷得很紧,每一口呼吸都割肺,墙上的石英钟嘎啦嘎啦地在耳膜上刮着肉屑。她慢慢地站起来,收拾桌子上的图纸和绘图仪器,然后走回自己房间,关上了门。

那是昨天下午发生的事。昨天我们没有再见过面。做完晚饭,我把食物摆在桌子上,没招呼她,只是盛了自己的一份,在卧室里吃完。八点左右,我听见她走出房间,独自吃完晚饭,窸窸窣窣地收拾了餐桌和脏碗。

"在有些人的词典里,永远不会有sorry这个词。"入睡前我给小雨发了一条信息。

发完信息我才醒悟,我贬损Lillian的话,也同样适用于我自己。不用等待,我们都不会道歉。我们还会继续用语言制造匕首刀剑,相互伤害,永不认输,继续生活。

再见到她,已是今天早晨。我们坐在餐桌的老位置上,谁也没再提昨天的事。

"狐狸不是宠物,不住窝里,只住洞穴。"我看着自己的饭碗,低声说出昨天没说完的话。

四十三岁的年轻人依旧没有学习能力,吃一堑没有长一智。错误不是智慧之母,错误只引向另一个错误。

我接着说:"不如就搭一个棚,给它们躲一躲雨雪。"

Lillian拨着碗里的粥,很久不出声,竹筷子嗒嗒地敲打着陶瓷碗壁,我第一次发现她吃饭咂嘴。

"那就改名叫狐棚,取个狐朋狗友的音。"她说。

我没敢笑出声。一个名字就这么要紧?不叫棚就遮不了雨?叫了狐棚就能挡住松鼠浣熊?人一老就糊涂。

一顿饭的工夫,我就手刃了她的宏伟计划,把她几天里画的图纸铰成了一堆废纸。吃完早饭后,我们开始以农民工的方式动手搭雨棚,没有图纸,边干边修正错误。

在今天之前,Lillian并不真懂纸上谈兵的含义,我让她了解了什么是纸,什么是兵。兵没有纸也能找到路,纸没有兵则寸步难行。我用一把裹了一块厚海绵的方锤,在枫树前的地上砸下几根短木桩,在木桩上钉了一块木板,木板上粘了一块油毛毡,然后又在油毛毡上纵横交错地绑了几根被风吹落的树枝,那是我的诱饵,哄狐狸相信这是树林。

我使用工具的手法自如,十指生风。这不是熟能生巧,我并没有多少机会练兵,我的熟稔来自基因。我爸曾经告诉过我,我过五岁生日时得到一盒积木,我把随盒的范本图丢在一边,坐在凉席上半天没动窝,靠想象搭出了十几座样式各异的房屋。七岁时,我把家里的闹钟拆了,在妈妈的惊诧眼光里只花了十分钟就照原样搭了回去。我爸曾经很可爱,把我的每一种淘气都解释成天分。后来他变得面目可憎。在可爱和可憎之间,只隔着几张银行存款单。发迹是人世间最残酷的破坏性试验,没有人可以从发迹中安全脱身。发迹的虎口狼牙吞下了两个最紧要的男人,我的父亲和我丈夫。

"天冷了还可以围上防风布,不过冬天不会有狐狸,它们都要回洞穴。"我退后几步,歪着头端详我的作品。

"待会儿把猪杂碎从冰箱里拿出来,丢在棚里。"Lillian说,然后进屋端出来两杯冰水。

我和Lillian都懒得搬凳子,一屁股坐在草地上喝水,被凉得嘶嘶地嘬腮帮子。在她这个岁数上敢喝冰水的女人还真不多见,她有一副牛马一样的肠胃。

"昨天没告诉你,他是受了刺激。"Lillian突然说。

"啥?"我听得一头雾水。

"老叶是受了刺激,脑子坏了。"Lillian说。

"什么刺激?"我问完后虽然忐忑,却无悔意。我决定从今天起有话就说,说了决不后悔。Lillian不想让我知道的事,她就不该抛出话头儿,那是引诱。冒犯有错,可是引诱错在冒犯之先。扔出鱼饵,难道还指望鱼不来上钩?

我母亲没教错我怎么说话，是她母亲没教会她怎样打开话头儿。

"丹丹的事。他一根筋想不开。"

"什么事这么严重？"我已经完全上钩，她怎么甩也没用了。

Lillian叹了一口气，文不对题地说："万事有时。"

"什么事？什么时？"我穷追不舍。

"我不该在那个岁数上有她，四十岁不是开枝散叶的时令，所以从第一天起，什么都不对头。"

Lillian喝完了水，开始收拾摊了一地的工具。

"我生小雨时二十三岁，花一样的时令，那又怎样？"我说。

这是我经过了克制的反驳。假如我真的口无遮拦，我说出来的就会是"胡扯"。

"她管你吗，你女儿？"Lillian语气犹豫轻柔，是一种知道分寸的小心翼翼。我不能怪她多事，这一回是我甩出去的鱼饵。

"完全不管。"我回答。

第-92天

"妈,阅读周我和桑迪一家去蓝山滑雪。她爸在那儿有个分时度假屋,不用就过期了。"吃晚饭的时候,小雨突然对我说。

桑迪是小雨的高中同学,二人又一起进了多伦多大学,都还没定专业,在选通识课程。桑迪爸爸是云南一家公司的老总,从国内飞过来探望留学的女儿和陪读的妻子,没想到被疫情耽搁在这里,一待就待了大半年。

我知道用疫情阻拦她不是个特别好使的借口。新冠来来去去好几波了,她的同学在各样的缝隙里游走,趁机票便宜去了温哥华、夏威夷、纽约、墨西哥,胆子大些的甚至还飞去了葡萄牙海滩度假。而小雨,一直乖乖地守在家里,哪里也没去。蓝山距离多伦多只有一百七十多公里,开车也不过两个小时,再说,桑迪一家也是很靠谱的人。

可是,我心里挡不住有一股子火,正一窜一窜地往上冒。阅读周从明天开始,也就是说,我女儿提前了半天告诉我她的行程。

我的脑子唰的一声被劈成了两半,一半是家长,一半是看客。家长有很多话要说,一句一句地在喉咙口排着队,等着挤出舌头。

"出发了再告诉我,岂不更好?"这句话笃定排在第一。

排第二的那句话是:"你一针疫苗都还没轮上,就敢往外跑?"

第三句就不好说了,兴许是:"那个英文写作补习班下周开课,定金都付了,你让我取消?"

这都是跑在最前面的,还有一些搬不上台面的话正等在后头,比如:"人家是有钱的大佬,你蹭人家的光鲜,有意思吗?"再比如:"一年到头给你做煮饭婆,阅读周你在家陪一会儿老妈就这么难?"

看客的那一半一看形势不对头,急急地冲过来,捂住了家长的嘴,把那些溜到舌尖的话生生地塞回到了肚子里。

"她不是来和你商量的,她只是告诉你一声而已。那是客气,你别头重脚轻。"看客对家长说。

家长给噎得满眼冒金星,却不得不承认看客有理。

小雨不像她这个年纪的留学生,从来没有非分的要求,比如好车、名包、品牌衣物。今年过春节我给她网购了一件鹅牌羽绒服(她的中国同学人人一件),她推说颜色不好,自己去网邮退了货。她父亲每年汇到我们账号里的钱,不多也不少,她把我划给她的那一份分成十二个月花。她在那个数额围出来的墙内行走,沿扣沿地计划着她的开销，不透支，也不留盈余，但从未生出过跳墙的念头。

小雨几乎是个零麻烦的女孩，从小到大无病无灾。除了打预防针、得过几次一瓶吊针就满血复活的感冒，她从没进过医院。没长过蛀牙、青春痘，也没有沙眼、香港脚，没犯过中耳炎、湿疹，而且视力良好。成绩虽不拔尖，却也从未掉队。从没和同学、邻居吵过架，也没和老师、家长顶过嘴。哪怕我和她爸吵得天昏地暗，她也只是坐在自己的课桌前做作业，眼观鼻鼻观心，纹丝不动。九岁那年，她开口对我提出了第一个、也是唯一的一个要求。那是在我和她爸吵过第一千次架、他拔了一柄牙刷离家的那个夜晚。她走出屋来，靠在墙上，静静地看着我跪在地上收拾一地的碎碗碴，灯光把她的瘦腿扯成两根黑竹竿掷在我眼前。竹竿抖了一抖，她说："你们离了吧。"她的声音细细的，里头却包着一根铁芯，我立刻知道了分量。

两个月后，我和她爸办完了离婚手续。

离婚后，小雨在我和她爸两边走动，几乎隔一阵子就会在她爸那里遇见一个不同的女人。小雨和每一位都礼貌相处，管她们叫××阿姨。偶尔会把她们的名字记错，但从不讲她们的坏话。任凭我如何兜着圈子打听，她也不愿开口传那头的闲话。每次从那边回来，既看不出开心，也看不出烦恼，仿佛父母的事只是浮在她皮肤上的水珠子，在是在的，看也看得着，却不入心。

小雨就像是一块弹力极好的海绵，什么样的拳脚加上去也不能在上面留下凹痕。那份平稳有时让我心中暗暗生出惊恐：这样的宁静底下，会不会掩藏着一个惊天动地的大阴谋？所有日子里的平顺，是不是都在预备着一颗大炸弹，在我毫无准备的时候把我炸成一地碎屑？

这种恐惧时不时会出现在我的梦中，我醒过来时一身冷汗，心跳得如同万马奔腾。我宁愿她像别的孩子那样偶尔犯些小浑，如同正常人患场感冒，好将身上的能量丝丝缕缕地消耗一些，而不要攒到火山爆发不可收拾的那一刻。对一个极少提要求的孩子来说，每一个要求都有重量。离她九岁时提的那个要求，已经过去了整整十年。假如我非要阻拦她的蓝山之行，她兴许很长时间不再开口。你可以撬开山石，你很难撬开一个不想说话的孩子的口。我不想在沉默中憋死，这种死法太慢太苦。

作为家长的那口气慢慢地平复了下来，换上了看客的那份心平气和，我说："去几天？"

我若无其事的语气让她惊讶，她的回答反倒有些结结巴巴："四天，算上来回五天。"

"几个人？"我的口气依旧平静，看客一直把守着家长的嘴。

"一车五个人,桑迪一家,还有一个朋友。"

家长的心里咯噔一下,想问是男是女,看客及时拦阻:这个问题是炸药,会炸毁所有的信任通道。家长再次忍下了。

"谁开车?"我接着问。小雨疫情之前考下了临时驾照,但只能在有正式驾照的司机的陪同下开车,那是我最不放心的事。

"桑迪的爸爸妈妈轮换开。"

我松了一口气。

"路上去超市买点菜,自己在家做,别上餐馆吃饭。"我叮嘱她。

"妈——"小雨拉长了语调,那是委婉的不耐烦,"哪有时间做饭?我们会叫外卖,不堂食就是了。"

我们的对话已经走到尽头。对于向来寡言的小雨来说,她的回答已算详尽烦琐。

小雨进了卫生间洗澡。水哗哗地溅在瓷砖上,微启的门缝里飘出薄薄的水雾和小雨断断续续的歌声。

> 没有了联络
> 后来的生活我都是听别人说
> ……怎么过

放不下的人是我

……就怕别人问起我……

后来我才知道,那是一首周杰伦的歌,叫《说好不哭》。小雨爱听歌,但很少唱,要唱也只是在莲蓬头底下蚊子似的哼哼几句。水声是最好的屏障,让她感觉安全。今天小雨的歌声和往常有些不同,羞涩怯弱里微微地带着那么一丝喜气,是从铁窗里猝然看到蓝天的那种欣喜和期盼。

母亲是拿来逃离用的。我突然想起了一句不知从哪里听来的话,心像被针轻轻扎了一下。我们生养了儿女,却要在他们情绪的窄巷里踮着脚尖走路,生怕碰飞了他们。可是无论我们如何小心翼翼,他们终将离我们远去。

我从厨橱的医药包里找出几个平常不舍得用的N95口罩,想让小雨带在路上。推开她的房门,床上摆着她的旅行箱。果真不是心血来潮。这是一场没有母亲参与的事先筹谋,等她告诉我的时候,细节早已在她肚腹里消化成了决定,话一出口就没打算回头。

我比她略大的时候,不也是这样?我和那个男人去民政局领过了证,第二天才打电话回家告知父母。跟我自作主张的婚事相比,小雨不过施了一个人畜无害的小计谋,严格意义上来说还不算是先斩后奏。

旅行箱的盖子虚合着,没扯上拉锁。掀开来,里头是几件换洗的内衣,还有泳衣、毛衣、外套和户外保暖的秋裤。她把每一件衣服都卷成一个圆筒,按尺寸大小排成整整齐齐的队伍。在这点上她像我,容不得肮脏杂乱。这个收拾衣物的方法是她从网上学的,她说这样叠的衣服折纹少,旅行时打开箱子就能穿,不需熨烫。

我把口罩塞在两排圆筒中间,又觉得不妥,想找个地方单独放置,就打开了边兜的拉锁。指头一探,里边已经装了东西。勾出来一看,是个密封的小纸盒,面上印着一男一女两个年轻人,在夕阳下亲密依偎。不用看那行英文说明,我就知道了那是什么东西。只觉得脊背上的那根骨头一酥,人瘫软下来,脑子淌了一地。

我害怕了多年的事终于来了。这就是我那个寡言的、听话的、从不顶嘴的、零麻烦的女儿,在我身后悄悄制造出来的那颗定时炸弹。一个人纵使能掌控眼前的一整片天,也无法看见身后的一小团阴影。我防不胜防。纷乱的想法从各路涌上来,沙子似的,怎么也捏不成团。世上的叛逆我知道多少?至此我才明白有一种悖逆叫沉默,有一种顺从叫阳奉阴违。

假如我能未卜先知,我就会知道那一刻我是何等鼠目寸光。跟后来发生的事情相比,这哪称得上是炸弹?至多不过是一只喑哑的小炮仗。

水声终于安静了下来,小雨洗完澡,头上裹着一条浴巾,从卫生间走了出来,颧上冒着湿气,红扑扑的娇艳欲滴。看见我坐在地上,她吓了一跳,忙过来扶我,一眼就瞅见了我手里捏的那个纸盒,怔住了。

"有什么要说的吗?"我颤颤巍巍地问。我的声音裂了,裂成了一簇一簇的毛刺。她就是弹力最好的海绵,她也该知道疼了。

但她没吱声,只是拆下头上的毛巾,开始擦头发。她的头发很长,一条条黑蛇似的在白毛巾里窸窸窣窣地爬行。终于擦完了,她转回身去卫生间,插上电吹风呜呜地吹头发。我知道她是在想话,我甚至看见了话在她的脊背上爬来爬去,想往喉咙里窜。我不想帮她这个忙。她的沉默可以很长,但是我的耐心更长。我准备在地上坐到万里长城倒塌,南极长出棕榈树,赤道结冰。

她吹干头发,用一根橡皮筋绾成一个松松的髻子,走到床沿边坐下,斜对着我。

"妈,我不想像你那样,一辈子只经历过一个人。"她平静地说。这话是解释,听起来却更像是控诉,但完全不是道歉。

"假如你多一些经验,你就不会跟了他,你们就不会那样吵架,也就不会有我。"她没看我,只是一下一下地揪着睡袍上的带子,松开,系拢,再松开,再系拢。

那个在紧闭的房门后面做作业、脸上永远风平浪静无悲无喜的女孩子,到底还是听进了门外我和那个男人之间刀子一样飞来飞去的每一句脏话、每一个诅咒。

"你不想有你吗?"我有气无力地问。

她没有正面回答。

"我不想那么早结婚,可是我也不想等到那个时候才有……"她停顿了一下,似乎在找合宜的词。

"才有那种经验。"她说。她已把话说完。每次她用牙齿轻轻咬住下唇的时候,我就知道那是在锁门。她一旦锁门,就不会再开,砸锁也没用。有锁的门还能在合宜的时候打开,一旦失去了锁,你也就同时失去了门,永远。所以我从来没敢去砸她嘴上的那把锁,我至多是赖在门外不走,靠耐心挨到下一次开门的时候。

"是第一次吗?"我知道那是自己在发问,但听起来压根儿不像是我的声音。

我憎恨自己的贱。我脑子里作为看客的那一半,已经完全被家长那一半制服,爱莫能助。我明知这个问题是粗野的僭越,是没脸没耻的窥视,是不计后果的破门而入,可是我只是忍不住。那辆车里的第五个身份不明的乘客，这时突然变得面目清晰。我看见了他浓密的络腮胡，铁板一样的腹肌和臂肌，还有毛孔里冒出来的油腻汗珠。我听见了他未经节制的大笑，还有他硕壮的躯体碾过小雨扁瘦的肚腹和小小的乳房时发出的碎裂声。一场毫无仪式感的破碎。

小雨默默地从我身边跨过，径直去了厨房，开冰箱，取水，喝水。从吐出第一个字时我就知道，我不会得到回音。

可是，我阻拦得了她吗？种子要体验春天，鸟雀要经历天空。我可以掐断一朵花，却压不住一个春天。我可以拴住一只麻雀，却无法捆绑所有的翅膀。一个不顾一切的疯狂母亲或许可以遮暗一角天空，可是，我遮蔽得了小雨渴望探险的眼睛吗？纵使没有蓝山，难道不会有白山、红山、粉红山吗？

我突然开始厌恶自己。我为什么要看见那个盒子？那个盒子是红苹果上的一个小黑孔。假如我没看见那个黑孔，我就不会知道果芯里有虫。岁月依旧静好。

只经历过一个男人就结婚的生活，是生活吗？到底要经历过多少个那样的盒子，才算是真正活过了？

那一夜，我的睡眠被各样的梦境搅成一床满是破洞的旧棉絮，到凌晨时分才沉沉地睡着。醒来时发现小雨已经走了，她在餐桌上留下了一张纸条："妈：你放心，没有人可以欺负我。我知道保护自己。"

第39天

在和丹丹绞尽脑汁地斗智斗勇过程中，Lillian是无可推卸的主谋。而我，不过是在错误的时间里出现在错误的地点的被动同谋。我这么说是不是在替自己洗白？我难道没有从中体验到走钢丝般的惊悚和兴奋？在那些险些被识破的紧急关头，我甚至能觉出心在微微颤动。我终于知道我还活着，而且还有点小用处。

但我也不总是那么厚颜无耻、糊涂油蒙心。偶尔我也会良心发现，敦促Lillian向丹丹主动发起视频邀请。当然，那都是在Lillian洗漱一新、头脸光鲜、把一切户外痕迹抹除干净之后的事。从Lillian敞开的房门里，我可以看见她坐在平板电脑前的样子，端端正正的像个从不旷课的高中生，向女儿汇报着一天里的生活内容。偶尔，凡·丹伯格先生也会插进画面，用蹩脚的中文表达着对丈母娘的关心，稀稀疏疏的头发在吊扇刮起的风中飞扬跋扈。

Lillian对他们娓娓地讲述着日常，耐心地列举着一些作为佐证的细枝末节。我一如既往地伸长耳朵偷听，听着听着幡然猛悟：许多年前小雨的爸爸也时常在早餐桌上对我显示着同样的耐心和温存。原来每一个贴心的早晨背后，都有一个掩藏着幽黑秘密的夜晚。和颜悦色和不必要的细节是谎言最昭彰的警示灯。可惜我当年太年轻，还看不透。

当然，我这样说是对 Lillian 的极大不公。她没有撒谎，至少没有红嘴白牙地撒谎，她只是没有讲出全部实情。就像是在给丹丹看一张人数众多的合影，她小心地裁去了里边的几个人，剩下的部分，依旧是实打实的真相。

昨天和丹丹通视频的时候，Lillian 突然说起院子里有狐狸，她不知不觉间已经走到了离照片上的裁剪边缘很近的地方。这个话题一下子勾住了丹丹的女儿萝丝玛丽的耳朵，她立刻放下手里的拼图，问外婆狐狸吃树上掉下的苹果吗，丹丹打住了女儿的话头儿，紧了脸警告母亲说："你绝对不能给它喂食。狐狸是最容易产生食物依赖的动物，你喂了一次，它就天天来，按时定点讨食。"

我不得不说丹丹料事如神。起初，Lillian 和我是把食物放到雨棚里的，期待狐狸在接受食物的同时也熟悉雨棚。可惜我们关于遮风避雨的家园想象终是一厢情愿，狐狸并未领情。我们一枚钉一块板搭建起来的雨棚，无论是当时还是以后，狐狸从未光顾过。那天我们放在棚子里的肉食，第二天早上才发现消失了。我们永远无法得知那夜行的饕餮者到底是狐狸，还是松鼠、黄鼠狼、浣熊。

后来我上网查询才知道一只在城市里走动的狐狸平均一生只能经历三个夏天。第一号死因居然不是猎杀，也不是饥饿，而是车祸。这个数据让我心惊。城市是人和兽的天堂，也是地狱，车太多，性命不够。在夏天瞬间即逝的北国，狐狸珍惜每一个逃离车轮、遭遇天空的日子，它们宁愿淋雨也不愿失去天空。

后来我们决定早上在后院干活儿时，把食物放在身后的草地上引诱狐狸。由于那天搭建雨棚的惊艳表现，我在Lillian心目中的地位得到小小提升，她现在允许我在她的指导下参与诸如浇水、施肥、除草之类的技术含量不高的园艺活儿。我们的伎俩立即奏效，狐狸来了，每天定时定点（正如丹丹所言），有时是大狐狸，有时是一大一小两只狐狸。刚开始时食物放置在我们身后约十米处，后来距离渐渐缩短，从八米到五米再到三米。最近的一次是一米五，狐狸在我们伸手可及之处安然吃完了早餐，并绕着我们转圈行走，似有亲近感恩之意，Lillian深受鼓舞。Lillian的最终目标是让狐狸从她手中衔走一个苹果。我们依旧还在努力之中。

丹丹提到不可给狐狸喂食时，我的心刹那间提到了喉咙口。丹丹无意之中把她母亲逼到了一个隘口。此时Lillian无论是沉默还是回答都会落入陷阱。沉默是无言的认罪，开口是公然的撒谎。这两者Lillian都不擅长，她的神情一定会露出破绽。

事实证明我完全多虑了。Lillian只是端坐着，轻轻嗯了一声，没有紧急刹车的刺耳噪音，也没有临时撤退的慌乱和惊恐，她用一个音节把局面稳稳地降落在沉默和开口之间的黄金分割线上。她的双面生活里没有可疑的接缝。

和Lillian相比，我撒谎的本事是学龄前水平。我只会拙劣地涂改事实，比如夸奖小雨的中文作文写得很棒，让她千万不要放弃东亚系的汉语课程；再比如告诉小雨她穿迷你裙裸露出来的大腿有点弯曲，不如穿长裙好看；再比如对丹丹赌咒发誓我们一直足不出户。我不能像Lillian那样多才多艺，懂得省略、编辑剪裁、迂回婉转、顾左右而言他。我们之间相差了一个"文革"的段位，我望尘莫及。

今天是周三。周三和周六的早上我们绝对不出门，那是丹丹和老人院预约好的时间，雷打不动。现在Lillian不再和叶千秋单独视频，她和丹丹约好每周三周六早上十点和老头儿在FaceTime上见面。无话可说的难堪，分成两份总比一个人扛起来轻省。

叶千秋出现在视频里时总是平头齐脸，干干净净，每一个纽扣都扣对地方，假牙整整齐齐亮得晃眼。我一向心理阴暗，忍不住想到这一切表象背后的排练。我就是这样把拾掇完毕的Lillian推坐到电脑跟前的。

叶千秋坐在床沿上，白花花的头发衬着白花花的墙壁，脸上挂着白花花的笑颜，没心没肺地经受着女儿和妻子的一轮轮拷问。

"认得她吗，爸？"丹丹把萝丝玛丽推到摄像头前。

叶千秋嘿嘿地笑着，不置可否。

萝丝玛丽不安地扭动着身子，五岁的脑子还没有找到一张布满皱纹的脸和一副婴儿般的举止之间的那条古怪逻辑。

"叫外公。"丹丹催促女儿。

萝丝玛丽嗫嚅地说了句什么，突然跑开了。

"爸爸，知道我是谁吗？"丹丹问。

"妹妹啊，我三妹。"叶千秋怯怯地说。

丹丹叹气。失望不长记性，无论走过多少趟弯路，依旧走不到绝望。她总觉得在某个拐弯之处，会出其不意地撞到侥幸，她父亲脑子里的黑锈会在一夜之间突然洗清。

"那她呢？"丹丹指着Lillian，锲而不舍地问。

"我女儿啊。"叶千秋毫不犹豫地回答，嘴角泛上微微一丝愠意，仿佛智商遭到了空前绝后的侮辱。

Lillian清了清喉咙,伸出一根手指头指着丈夫,缓缓地问:"那你知道你是谁吗?"

老头儿哈哈哈哈大笑起来,笑出了一个硕大的鼻灯泡。

"我不告诉你。"他说。

我听不下去了,跌跌撞撞地跑回了自己的房间,一头钻进被子里,蒙上了耳朵。

上帝,求你不要让我活到那个地步。我不在乎记不记得自己是谁,可是,我不要活到忘记小雨的那一天。不要让我忘记小雨。求你。

不知不觉间,我昏昏沉沉地睡了过去。"睡"在这里是一个意义模糊的动词,其实失去感觉的只是我的身子,我的脑子完全清醒,它伸出一万只脚,不停地踢打着我的身子:"起来啊,你起来,你还没有锁门。你不能让她看见橱柜里的那样东西。"可是我的身子却无论如何也不肯配合:"一分钟啊,你再给我一分钟,我实在,实在是太累了。"结果我的身子非但没有被脑子踢醒,我的脑子反而被身子拉入了万丈深渊。等我睁开眼睛,已经接近中午,我突然想起我还没有准备午饭。这是我一生中最累的一次睡眠,我的筋骨散了一床。

我挣扎着起了床,打开房门,走到厨房,猛然看见

Lillian坐在餐桌边上,怔怔地面朝着后院。狐狸来过也去了,花儿正艳,我不知道她在看什么,她的脊背直直的,仿佛绑了一副钢板。听见声响,她转过脸来,神情倦怠,皱纹深刻。

"你陪我出门走走吧。"Lillian喑哑地说。

我想说吃了午饭再出去吧,但我最终把话吞了回去。我知道此刻她需要新鲜空气远胜过食物。我们用食品袋包了几片面包,戴上遮阳帽、墨镜和口罩,朝街上走去。

Lillian的脚力很好,平日行路如风,丝毫不输给我。她说那是在五七干校里练出来的。"文革"时她和叶千秋在河北农村待了三年,却不在一个农场,彼此相隔三个半小时的路程。两人不在同一天休息,轮到她休息时,她就去看他,大多时候无车可搭,都是走路,一来一回就是一天,渐渐练就了一副铁脚板,至今劳健。可是今天她的脚上似乎缺了一根筋,有些软绵绵的,我得放慢节奏等她。叶千秋失忆不是新近的事,住进老人院也已快三年,我原以为一拳一脚的早已把她踢打得皮实麻木了,却没想到每一记都还是新的痛。

天一下子就热了。在多伦多这种地方,季节的转换粗鲁而直截了当,没有试探挑逗前戏过渡,一阵风一场雨之间就完成了。一觉醒来睁开眼睛,太阳就已经长了牙齿。

我们走到街区公园时，已是一头一脸的汗，知了咿呀咿呀地扯得人太阳穴发紧。

公园先前是个水库，作泄洪用的，一大片空地，外沿高内里低，像只海碗。如今闸门依旧在，空地却已用作了休闲的草坪。坡上有一家人正在玩飞碟，两个大人一个孩子一只狗。狗大概跑累了，趴在地上喘粗气，脑袋转来转去地目追着空中的那个飞碟。

我们渐渐地走到了坡顶，朝下一看，突然就看见了低坡上的狐狸，不禁同时怔住了。四只，三大一小，在人和狗的视野里安静地来回走动。显然它们已在那里多时，人和狗都已经接受了它们的存在，不惊不乍，各行各事。

这是我们第一次在后院之外的地方见到狐狸。那只小的在草地上一蹦一跳如袋鼠，三条腿的走路姿势让我们一眼就把它认了出来，而那三只大的却一时难以辨认。狐狸和猫狗不同，皮毛并无明显差异，只要身形大体相同，混在一起时，不仔细看几乎没有可区分之处。

我们缓缓走下坡，在狐狸不远处停住了，看着它们各自低头行路，似乎并无目的，一路走走嗅嗅停停。一只若走近些，另一只便退开去，中间相隔的总是那若即若离的一两步路，既没有相争生出的怒气，也没有相嬉必需的亲密，眼中无人无己也无彼此，竟是一种全然的陌生和冷漠。

我们突然就生出些惶惑来：它们到底是血脉相通的一家子，还是仅仅在途中偶遇的路人？那只时常在后院出现的大狐狸是它们中间的一员吗？或许，它们哪一只也没来过Lillian的后院；或许，它们每一只都来过，在不同的时段里，只是我们有眼无珠地把它们认作了同一只。

Lillian双手拢住嘴，发出了一长串呼喊。哦哦，哦哦，哦……那声音听起来不像是从她的身体里发出来的，更像是风穿过空心竹筒时的气流，悠长，尖锐，带着一股憋急了的劲道，在山坡形成的那只碗壁上一圈一圈地回旋，直到化成回音，依旧连绵不绝。你无法设想一具日暮的躯体可以制造出如此清亮的声响。这是她平日里召唤狐狸进食的信号。同样的呼唤，此时听起来却和在后院时不太一样，旷野给了一切声音胆量。我们从来没有听过狐狸的叫声，渊博如赵忠祥也不曾泄露过狐狸声带和喉咙的幽深奥秘。Lillian的喊叫只是她关于狐狸秉性的一厢情愿的想象，我永远也无法证实狐狸走进她的后院，是因为她的召唤，还是因为食物气味的诱惑。

可是今天Lillian的呼喊没有得到任何回应，它们甚至没有抬头看她一眼。也许，它们的确来过我们的后院，但我们自以为的老马识途，不过是它们在任何一个有食物的地方的偶然停留。它们经过我们，就如同它们经过公园，经过草地,经过飞碟和狗。我们精心设计的笼络,对它们来说仅仅是一次果腹。这一次和上一次,这一次和下一次,并无任何区别。它们并未在千万座房屋中刻意挑选了我们的后院,它们也未在千万棵树木中格外钟情于我们的那一棵枫树,一切不过是鼻子和肠胃的一场游戏。我们给它们强加了千种情绪,我们忘记了它们原本无心无肺。失去了食物的烘托,它们不认识她的声音。她既不能危害它们也不能哺育它们,她不值得提防也不值得讨好,她的存在此刻对它们毫无意义。

它们不过是瘟疫在改变城市版图后随手丢给我们的纪念品。我们不拥有狐狸,就如同Lillian不拥有叶千秋,我不拥有小雨。我们只拥有关于他们的记忆。即使是记忆,我们也无法长久拥有。记忆可以随时丢弃我们,我们也可以随时丢弃记忆,没有人知道丢弃会在哪一刻发生。

空气突然变馊。

"回去吧,我饿了。"我对Lillian说。

第61天

今天早上,在晨光已将睡眠戳出细窟窿眼的时候,我和Lillian同时被一阵怪异的声音惊醒。像是婴儿发出的声响,但又比婴儿的嗓音尖利,一声接一声,短促有力。我之所以用了"声响"两个字,是因为我一时无法判定这是哭声还是笑声。

Lillian和我同时从各自的卧室冲出来,跑到厨房。从厨房的那扇大窗可以看到整个后院。

是那只小狐狸。

那天我们在街区公园遇见那群狐狸之后,Lillian回家便兴趣索然。世上没有无条件的爱,Lillian期待从狐狸那里得到的,其实只是一个似曾相识的眼神,承认就够了,不需要感恩。Lillian不知道她要的东西是狐狸不曾拥有的。八十岁的Lillian有时还是个孩子。老人其实都是孩子,像孩子一样健忘,却比孩子更能记仇。她对狐狸所有的好奇和热情原本就是心血来潮,来得急,去得也急,至此已心灰意冷。

后来我们不再喂食。狐狸依旧还来,却不再定时,突然出现,突然消失,渐渐行迹稀疏了。

这只小狐狸来过后院多次,每一次都是跟着一只大狐狸,或许是母亲,或许是父亲,或许是族亲;或许是同一只,或许不是。见的次数越多,我们越糊涂,永远也无法厘清它们之间的真正关系。但小狐狸从未单独出现过。今天是第一次。今天它的动作很奇怪,先是伸长腰肢趴在枫树干上,身躯纹丝不动,只是下颌不停地颤抖,那是它在发出亦哭亦笑的喊叫。它已经长大了许多,铺展开来的躯干上肌肉坚实紧致。它贴在树身上的模样,竟有几分像在出声祈祷。

突然,它仰身往后一倒,在草地上打起了滚。夜里下过雨,草上留着水迹,它的皮毛沾湿了,颜色变深。后来,它毫无预兆地腾跃而起,在空中划出一条长长的弧线。清晨的阳光像油画颜料一样厚腻,它的皮毛是一团红色的火焰,每一根毛尖上都刷了金粉,它甩出去的每一滴水都是金光灿灿的珠子。我和Lillian面面相觑:我们一生未曾见过这样的光线里这样的一只狐狸。赵忠祥的解说词突然消磁。

在划完那个完美的弧线之后,它落地,迟疑片刻,便开始沿着篱笆徐徐行走。Lillian突然扯住我的衣袖,说:"你看见了吗,小陈?"

Lillian的声音压得很低,低得近乎战栗的耳语,仿佛害怕惊扰了狐狸。她似乎忘了,我们和院子之间隔着一扇由三层防风玻璃制作的玻璃窗。

"它……它的前腿。"Lillian激动得语无伦次。

我这才注意到,狐狸行走时用的是四条腿。左前腿虽略有犹豫,每一步似乎都经过试探,但最终都扎实地落在了地面上。我突然醒悟，它发出的那些声响是笑，是狂欢，而绝无可能是哀伤。它在庆贺它生命中许许多多的第一次：或许是第一个夏天里的第一次独自离家行走，或许是记忆中的第一次四肢落地。这条腿第一次感受到了湿润的泥土和青草，虽然也许依旧有痛楚，但有什么能比得过失而复得的自由呢？

Lillian转身去开冰箱，拿出面包、香肠和火腿，开始做三明治。那是我的早餐风格，Lillian从来不吃这类东西。Lillian也许行过了万水千山，但她始终没有丢弃她的中国胃，她的早餐是稀饭、花卷和咸菜。正在我惶惑间，她拿着三明治开门去了后院，赤脚，穿着睡衣，头发打着结子。走到一半的时候，她回过头，用那只闲着的手对我做了个按键的手势。她是要我录下视频。

Lillian走到草地和花圃连接之处，蹲下来，伸出那只拿着三明治的手，遥遥地招呼狐狸。狐狸已经有一阵子没在这个院子里看到过食物了，似乎有些惊讶，犹豫了一会儿，才慢慢地走过来，在离她五六米左右的地方停住了，咻咻地抽着鼻子。

嘎嘎。嘎嘎。她学着发出了狐狸的声音，学得很像。Lillian的声带像水一样柔软随性，几乎可以瞬间融入她想模仿的声音特质。

狐狸的眼睛闪了一闪，那是一种隐约相识的神情。它朝前走了几步，再次却步不前。Lillian蹲不住了，八十岁老人的膝盖和筋骨再也载不动八十岁孩子的好奇。她朝后挪了挪身子，坐到了身后的一块石头上。石头在院子里泛滥成灾：一条碎石子铺成的窄路，一方石卵砌成的花池，一汪石块镶边的鱼池，一个岩石堆成的流水台。每一块石头都不一样，但每一块石头她蒙着眼睛也能认识。Lillian身下是一块鱼池的围石，石面上有几个凹凸不平的棱角，可是她顾不得，她的心只在三明治和狐狸中间那条看不见的连接线上。

院子里一片静默。风停了，树梢不动，知了屏住呼吸，万物都踮着脚尖踩在由兴奋和恐惧绷扯出来的那条窄线上。唯一能颠覆这岌岌可危的平衡的，是诱惑。诱惑无往而不胜。狐狸终于走近来，从Lillian手里咬下了第一口三明治。Lillian先前费尽心机没能抵达的目标，却在这样一个毫无准备的早上轻而易举地实现了。

可是Lillian没有见好就收，她把她的目标又悄悄地往前推了一步：她更紧地捏住了剩下的那大半块三明治。狐狸吃完了第一口，走过来，咬住了第二口。这一次，用"扯"这个动词可能更为贴切。它扯剩下来的那一口，几乎已全在Lillian的手中了，再往前一嘴就是她的指头了。

Lillian依旧没有松手，她只是动了动手指，把剩下的面包往前顺出了一寸。

我的心扯得很紧。我的脑子一遇上事就分崩离析，从无例外，此刻已经一分为二，一半是凡·丹伯格太太的雇工，另一半是吃瓜群众。凡·丹伯格太太的雇工一下子想到了狂犬病。我不知道狐狸带不带狂犬病毒，但我知道狂犬病可以死人。吃瓜群众却唯恐天下不乱，只想把戏看到红血白牙的热闹处。没想到这出戏远还没到撒狗血的地步就收场了，狐狸的最后一招动作太快，我根本无法看清那最后一角三明治到底是它叼走的还是她放的手。总之，等我看清楚时，她手里已经没有了东西，它嘴里也没有，东西已经落在了地上。它并未着急去找，而是围着她转了一圈，用嘴轻轻地碰了碰她的手。

关于这个动作，后来我和Lillian发生过许多次争执。Lillian坚持认为是狐狸舔了她，我坚持认为是闻。这两个动作中间隔的是一条鸿沟。舔用的是舌头，舌头有情感的嫌疑。闻用的是鼻子，鼻子连接的仅仅是肠胃。最后我们只好把我录下的视频一框一框地回放。在某一框里，我们找见了一条粉红色的舌头。

"我能没有感觉吗？我又不是木头。"Lillian不依不饶地说。

不过这都是后来的事，当时我们没有探讨这个问题。我们顾不上。当我从厨房走到院子，挨着Lillian在石头上坐下时，我发觉Lillian在瑟瑟发抖。狐狸已经消失。它来的时候只有三条腿和一副空瘪的肠胃，走的时候四肢健全，肚腹里装着一个夹有火腿和香肠的三明治，鼻腔里残留着一个女人的手指的气味。而我们，在这时才感到了后怕。

太阳升高了，树荫变得浓腻，知了肆无忌惮地扯开了嗓子。有些东西产生了变化。Lillian似乎跨过了一道坎。到底是什么坎我说不清楚。这事得问小雨。我能看见的事，小雨都能看见，而小雨能看见的，我却未必。我十九岁零九十八天，永远也长不大的小雨。

"我给你拿件衣服吧。"我对Lillian说。七月的夏天已经热透，只是清晨还略有几分凉爽，尤其是在下过雨之后。

她摇头，让我陪她坐一坐。我侧身，半张脸看她，半张脸看鱼池。昨天夜里的雨打落了一些叶子，当饰物用的橡皮莲花已经丢失了一个角。在两片落叶之间，我看见了一抹白色的鱼腹。

"又死了一条。"我说。Lillian养了一池金鱼，夏天的时候放在室外鱼池里，冬天的时候放在室内鱼缸里。这些鱼她已经养了十几年，红的依旧不红，白的依旧不白，无精打采的，一味地清癯。我来的时候，池里是二十条，现在是十四条,不算这条翻了肚子的。

"浣熊又跳进池里了,荷叶也咬去了半边。"我猜测。

"许是昨夜的雨,气压低。"Lillian说。

我弯腰把那条浮在水面的死鱼捞出去扔了。鱼不到一只手掌的长度,却死得一副昭告天下的架势,无比腥臭。

"兴许就是时间到了。"Lillian轻轻一笑,说,"当年老叶买下来,是给我六十五岁生日的礼物,一年一条。是鱼店当作鱼食卖的,一块钱五条,比蚂蚁大不了多少。最劣等的鱼,他说好养。养了十五年,还有活着的,已经出乎意料了。"

六十五条,十五年里死了五十一条,平均每年死三点四条。今年死了六条,超出平均死亡率百分之七十六。我脑子里的键盘在飞快地跳动,泛上来一堆泡沫般的数字。

"他在的时候,鱼死得慢。他走了,鱼也走得快。"Lillian说。

"鱼也有寿命,他在不在鱼都一样会老。"我说。

她不回话,望着远处,心不在焉地微笑。

"这么大一个院子,你一个人,将来怎么管?"我问。

"买下这房子的时候,谁会想到是我一个人?院子里所有的石头活儿都是他干的。那个流水台的岩石是他一块一块捡的。他骑着自行车满街跑,看见古怪的石头,只要是无主的,就绑在自行车后头驮回来。"

无主的?我暗笑。在这个城市里,连天空都划了管辖权,真正无主的,只有女人。

"一趟一趟的,我只想着他心里烦躁,就没阻拦他,谁能想到这后来的事呢?谁也没想到。"

Lillian今天说话的语气像个新寡的妇人在絮叨她逝去的男人,我听着心里发冷。

"小陈,那天你说得对,脑子是个定数。就像是一桶水,早上用完了,下午就没有了,无非是聪明在先还是在后。"

随口的胡言,她竟然拿来当真,我突然生出些愧疚。

第83天

"这样行吗?"一直到坐进车里,系好安全带,我仍在犹豫不决。

"我看自己的男人,又不是别人的,还得谁批准?"Lillian说。

"可是,丹丹交代过……"

Lillian立即将我打住,说:"丹丹不是我衣服上的虱子,她不用知道每一件事。"

我无语。那头那个是我的雇主，这头这个也是。我一仆二主，顾得了这头顾不了那头。我已经替这头做了无数回的同谋，也不多这一回。我为自己开脱。

当多伦多全城都淹在瘟疫里的时候，老人院是重灾区。但叶千秋在的那家防守得严实，倒没出什么大乱子。这几个星期确诊人数持续下降，他们刚刚恢复了正常探视。Lillian让我网购了一套法兰绒睡衣，要去看丈夫。Lillian在上海市区的那幢房子如今租给一家公司做高管居所，月入两万元人民币，再加上两头的养老金，即使扣除叶千秋在老人院的费用，她日子过得依旧算得上从容。她像极了她那一代的人，数着口袋里的铜板过日子，指头缝很窄。她又不全像她那一代的人，在当花的时候，她并不抠门。

半路上我们在一家街角便利店停了一停，她要买一束鲜花。满屋的玫瑰、百合、兰花、康乃馨，她脑子都没过一下，就直直指向了小向日葵。一打十二朵插成一竹篮子，黄艳艳的像一把野火。

"还是打个电话预约一下吧？"丹丹的嘱咐一直在我心头拱着，毛烘烘的让我心神不宁。

"干什么？让他们有时间'沐猴而冠'？我就是想见一见没来得及洗澡的猴子。"

我忍不住笑。如今和Lillian厮混熟了，多少知道点她的秉性，说话像南翔小笼包，轻轻一啄一口汤汁。有点刻薄，不够厚道，刚好有趣。那是气顺的时候。假如气不顺，便又多了些姜醋调料。

前台的护士是新来的，不认识Lillian，也不熟悉情况。我们隔着一百层口罩、脸罩和一千层戒备，开始了嘤嘤嗡嗡的对话。

请先洗手。

我需要量一下体温。

探访人名字？

受探访人名字？

关系？

联系电话？

有任何新冠症状吗？

旅行史？

接触史？

疫苗证明？

核酸检测证明？

…………

虽然已经开放探访，但依旧有条件限制：一次只能有两位访客，必须是直系亲属。我不是，但我是直系亲属的生活助理，也算合情合理，倒也没有人难为我。

终于完成了问答、填表、签字画押的手续，小护士要打内部电话请工作人员带我们进去。

"不用，我来过多次，知道他房间怎么走。"Lillian一口拒绝。

"这个时间，叶先生假如不在房间，极有可能在娱乐室。你知道娱乐室在哪里吗？"小护士好心地问。

"知道，熟门熟路。"

叶千秋果真没在房间里，Lillian拉着我去娱乐室找人。叶千秋的房间和娱乐室中间隔着一条长长的走廊。走廊看上去还挺干净，敞敞亮亮的，两边挂着几幅油画，有乡村景致，也有静物写生。正是早饭和午饭中间的那个空当儿，四下很安静，有一个清洁工在拖地。我的鼻子犯贱，在浓烈的来苏尔芬香中窸窣穿行，坚持不懈地找到了一丝尿布的气味。迎面走过一位拄着助步器的老太太，正在和边上一位年轻些的妇人（估计是女儿）聊天。

"牛奶没味，寡淡得像水。"母亲说。

"脱脂脱得太厉害了。"女儿说。

她们说的是带卷舌音的中文。

走过半条走廊的时候，Lillian突然停下来，在一只大玻璃窗前站住了。窗外是老人院自带的小花园，花园里有一株梨树。梨树大约种下多年了，蓬蓬松松的一大片枝叶，已经挂上了梅子大小的青果。梨树下有一张歇凉的长椅，上头坐着一男一女两位老人。阳光把茂密的枝叶扯成一团一团的影子，胡乱扔在他们身上，有的地方很亮，有的地方很暗，但是他们没有在意。他们半侧着身子，定定地看着对方，两双手相互牵着，像幼儿园里被老师配上对玩游戏的小朋友。二人都裸着脸。老人院的住户不用戴口罩，工作人员和访客则必须戴，那是围着他们筑起来的城墙。

我仔细看了几眼，才认出来那个男的是叶千秋。

Lillian一动不动地站在窗前，我看见她暴露在N95口罩之外的耳朵垂子从苍白变成粉红，又从粉红变成绯红。我不知道意外、嫉妒、震惊、愤怒这些词在遭遇阿尔茨海默病时是否依旧有效。

我扭过脸去，不敢看Lillian，我觉得她也是。我们心怀各自的难堪，她为自己，我为她。

过了一会儿，我听见Lillian轻轻地咳嗽了一声，咽下了她的那份难堪。她推开通往花园的门，我跟在她身后，我们朝着那棵梨树走去。

"老叶，我来看你了。"Lillian在离那张椅子两步路的地方停住了。那是规定的社交距离。我站在她的身边。

面对面的时候，叶千秋看上去比视频里稍显清瘦。头发和衣服都很干净，指甲是新剪的（我视力是二点零）。

看来他是有人管的，他们并未一味做花样文章。女人看上去比Lillian稍微矮胖一些，穿了一件细花洋布太阳裙，裸露的手臂上布满了星星点点的太阳斑，脸是一张平平扁扁的喜饼脸。阿尔茨海默病是一种欢喜病，每一个遭遇它的人脸上都没有愁容。

二人同时扭过头来看着我们，并无惊讶之情，似乎一个月以前就在等候着我们的来临。

"哦，来，来看我。"叶千秋喃喃地重复着Lillian的话，却没有松开那个女人的手。

"我是娟子啊，老叶。"Lillian摘下口罩对丈夫说。

"George，她是谁？"那个女人歪着头打量着Lillian，好奇地问叶千秋。

"三妹，哦，三妹。"叶千秋对女人解释着。

"你是谁？"Lillian戴回口罩，反问那个女人。

"我是Mary啊，你问George。"女人搂紧了叶千秋的手，仿佛她已落在河里，而他是漂在水面上的一根木头。

叶千秋耐心地看着女人，腾出一只手来，抚摸着女人的脸颊，那轻柔的样子仿佛女人的皮肤是一块上好的丝绒，稍微用力些就会钩扯出线头，说："是啊，娟子，你是Mary，你是Mary。"

女人放心地笑了。

他记得娟子,又没有记得娟子。他记得的娟子已经不是屈原里的婵娟,他记得的娟子和三闾大夫和话剧团和青春和爱情都没有干系。他记得的娟子是泛指,是进入他眼前的一切事物。

"老叶,这位是小陈,我的朋友,也来看你。"Lillian把我推到了叶千秋的雷达屏幕中。

"小陈,哦,小陈,谢谢,谢谢。"叶千秋终于松开了那个女人,伸出一只手来给我握。我欠了欠腰,却没接他的手。护士交代过,不可以和病人有任何身体上的接触,比如握手、颊吻,那是防疫要求。

"给你买了花。"Lillian把手里的竹篮递给男人,说,"记得这是什么花吗?"

"记得,记得。"叶千秋一遍又一遍地点头。

在阿尔茨海默病病人的嘴里,你不会听到No。没有"不记得",没有"不知道",永远只有Yes。阿尔茨海默病版的Yes,是对存在感的最后一道把守。

"这是向日葵啊,老叶,你不记得啦?干校的农场里,到处都是向日葵,多得像野草,谁也不稀罕。你来看我,举着一朵向日葵,三四个小时的路,走到我这里已经是一把干柴了。"Lillian说。

她依旧还在一下一下锲而不舍地叩着那扇没有钥匙可

开启的门。她不仅仅是不甘心他,她也是不甘心自己。她的大半人生都是和他一起过的,他们原本是两股结在一起的麻花绳。日子久了,风吹雨淋,它们已经腐烂成你我难分的一体。可是他一意孤行地要撕走他的那一股,他撕得血肉淋漓。他撕走的那些东西不再是他,而他剩下的那些东西也不再是她。他毫无商量余地地抹改了他们的历史。她不甘心啊,她只是不甘心。

叶千秋从竹篮里抽出一朵小向日葵,递给那个女人。女人举到鼻子跟前,闻了又闻。

"玫瑰啊,玫瑰。"女人呢喃地说。

"George,扎我。"女人被花茎秆上的绒毛刺了一下,伸出一根手指,递给叶千秋。

叶千秋接过来,含在嘴里,轻轻地嘬着,说:"不疼啊不疼。"

我实在看不下去,扯了扯Lillian的袖子,想让她走。Lillian犹豫了一下,但还是站住了。

"我给你买了一套新的睡衣,小陈挑的,很舒服,你摸一摸。"Lillian把睡衣从包里拿出来,撕了包装,递给丈夫。

百分之百纯棉精纺法兰绒,红色的底,海军蓝的条子,胸前绣着一匹马。经典的马球牌设计,一百五十九点九九加元,一分钱不打折扣。Lillian自己穿的睡衣,是沃尔玛的尾货,跳楼价,九点九九加元。

叶千秋接过睡衣,用脸颊触摸着衣服上的细软绒毛,眼睛眯成一条细缝,带着猫一样懒散的惬意。

"下雨的时候要穿鞋子,娟子。"他对那个不是娟子的女人说。

"戴花要戴大红花,George。"女人对不是George的那个男人说。

"红花。红花。"叶千秋热烈地回应着,"他们有书包,娟子。"

迟暮的记忆是破旧的木桶,里边装的是一辈子的阅历。活得太久,桶装不下,就一层一层地往外溢。最先溢出的是今天,然后是昨天,留在桶底的,是永远不会溢走的前天。那是烙在一个人骨血里的童年和少年。他的前天和Mary的前天不是同一天,它们是两条平行线,一直并排却永不交叉。他们不需要共情,也不需要理解,他们只需要倾听。失忆的世界不再匆忙,他们可以忠诚地奉献给彼此每一天里每一个醒着的时辰。不再有会议需要参加,不再有项目需要完成,不再有儿女需要拯救,不再有爱情需要修复。失忆的世界里没有斤斤计较、睚眦必报,三百六十五天,天天都是自给自足、永无磨损的快乐。

通往天堂有许多扇门,其中的一扇叫阿尔茨海默病。

Lillian傻啊,Lillian真是傻,还想死死地拽住那个早已没有心了的男人,不肯放手。

"老叶,我们院子里来了狐狸。"Lillian低下八十岁的身子,蹲在草地上,伸出一只手,把手机里的视频递给叶千秋看。假如按脸对脸的距离来计算,Lillian是守法公民。假如按最近点计算,Lillian已经坏了院方的防疫规矩。

"记得吗?这是我们的院子。这个鱼池,这个流水台,都是你搭的,每一块石头。那年夏天,我们刚买了房子。"

Lillian放的是我拍的那段视频。我突然醒悟,当时她嘱咐我录下视频,目的就是为了今天。

"这只小狐狸,在我们的院子里创造了一个奇迹。奇迹,你知道吗?它残了一条腿,谁也没指望它还能好。可是就在我们的院子里,它站起来了。老叶,它站起来了,它四只脚都落地。"

一个一心沉浸在自己故事里的人,总会在不知不觉中放大一厢情愿的部分。狐狸也许创造了一个奇迹,但未必是在你们的院子里。在你见到它四腿落地的时候,奇迹兴许早已在别的地方完成。Lillian的眉毛在颤动。一只扑火的飞蛾。不,不是飞蛾。飞蛾不知道死,她知道。她明知无望,却还要试。一次,再一次,直到心死。

"狗，George，狗。"那个叫Mary的女人指了指视频里的狐狸，掩嘴笑了，像个十七岁往十八岁走的少女。

"Shut up, you!"我忍不住吼了那个女人一声。我忘了她不过是另一户人家的另一个叶千秋。

"George，哦，George。"女人委屈地看着叶千秋，似乎要哭。

"娟子啊，娟子。"

他们不再有新的话，他们脑子里有限的词语都已经耗尽。他们只是一遍又一遍不厌其烦地呼叫着彼此认定的名字，痴痴地对望着，仿佛活在一个真空玻璃瓶里。瓶子里只有他们两个人，没有世界，没有病毒。她是他的娟子，他是她的George。在他们的瓶子里，他们是国王，划分疆土，修订词语，改变自己和他人的身份。他们没有昨天，他们也不会有明天，他们有的，只是永恒的今天。他们刀枪不入。不安全的是我们。

我们回到停车场，坐进车子里往家开去，一路上Lillian都没有说话。开到一半的时候，丹丹的电话进来了，先是打给她母亲，Lillian没接，她又打给我。铃声在封闭的车子里听起来很是扎耳。我也没接。之后便是一串闪亮的指示灯，是丹丹在留言。我知道那是全方位的火力攻击，我有点怕，因为我还没想好对应的路数。但惧怕并不是我不接她电话的唯一理由。在这一刻，不知怎的，我就是不想听见她的声音。

"我现在才知道，她为什么一定要我们事先和那头预约。他们不是要给猴子洗澡，他们是要先支开那个女人。全世界都知道，只有我，还有那个可怜的小护士，不知情。"Lillian扭头对着窗外说。

我搜肠刮肚，竟找不到一句可以回她的话。

回家后，Lillian直接进屋，关上了门。我听见手纸擤鼻涕的窸窸窣窣声。我走进自己的房间，坐在床沿上六神无主。有一句话这一路上一直在我心里突突地炖煮着，到这会儿已经熟透。我知道这句话兴许能治Lillian。可是这句话太毒，能治人也能杀人。我非得要沾那一手血吗？她不是我的娘我的姐我的姑妈婶子，我甚至都不知道她的中文名字。我管得了这么多吗？

我坐在床沿上给小雨发信息。小雨照例不回。可是小雨也没在我的脑门里擂鼓。也就是说，小雨没有明目张胆地反对。小雨没反对就算是支持。我站起来，走出去，推门进了Lillian的屋。

"他早不是他了，他已经死了。你看见的，不过是他留在世上的皮囊。你和死人较什么真？"我恶狠狠地说。

血从Lillian的脸上慢慢退下，我甚至听见了液体的流动声。滴答。滴答。她的脸白得像粉笔灰。血流到哪里去了？是脚趾吗？我看不见她的脚，她的脚藏在桌子底下的阴影里。

我不知道我是否救了她，但我知道我肯定已经杀了她。

后来我才从丹丹那里得知，George是Mary死去的丈夫的名字。当然，那是墓碑和人口普查数据库里记载的信息。在Mary现在的记忆里，George只是她的弟弟，就如同在叶千秋的记忆里，Lillian是他三妹一样。Mary晚叶千秋半年住进这家老人院，开始时一直闹着要回家，直到认识了叶千秋。二人一见如故，形影不离，除了睡觉，每分钟都黏在一起。老人院把实情告诉了两家的儿女，征求他们的意见看是否有必要将其中一位迁移。两家儿女经过协商达成了共识：目前两位老人情绪稳定，心情愉快，没有必要改变这个有益无害的现状。当然，他们也想到了这个荒诞事件中唯一可能受到伤害的人。对付那个人的方法相对简单，就是眼不见为净。丹丹开了绿灯放行。

当他们商量这一切的时候，他们唯独没有想到半路上会杀出一个一无所知的新护士，和一个阳奉阴违的家政助理。

第100天

"把她带回家的那天,大雨淹城,天黑得像墨盆。老天都知道是灾祸,只有我们糊涂。"Lillian说这话的时候,我俩已经把那一瓶红酒喝得七七八八了。酒真不经喝,一忽儿就见了底。人也真不经酒,Lillian的脸已经红得像一盏火油灯。

今天Lillian亲自下厨,荤的素的红的绿的做了一桌子,坚决不让我插手。

"今天的菜必须是我自己来。"Lillian说。

"生日?"我问。

Lillian没吱声,我就算她是默认。

全部的食材都是丹丹网购的,我没沾过手。这些日子Lillian使起丹丹来有些狠,隔三岔五一长条的购物单,连葱姜蒜这样的小物件也列在里头,很有几分撒气的意思。

那天从老人院回来,Lillian和丹丹通了很久的电话,是读书人的干仗架势。关起门来,但总有门缝,满屋便都漏着烟,却听不到一句粗口。

"他的事,我不管了……"我依稀听见Lillian给丹丹丢下了话。

从那以后,Lillian再也没去过老人院,每周两次的全家视频，也随了Lillian的心思，不再定期。现在Lillian和我说话不谈老叶，甚至也不怎么提丹丹。Lillian现在即使有话，说的也都是些无厘头的事，比如种花养草的心得，怎样挑选合宜的茶叶，在干校时从老乡那里听来的神鬼故事，刚出国时闹出来的种种乌龙……她常常讲到一半就得紧急停车，我满耳朵都是刹车片的吱呀尖叫声。她害怕再走一步就要撞上她不想撞的红灯。她这一长路哪躲得过那父女二人呢？她躲得辛苦，我听得也辛苦。

现在只要天不下雨，我们依旧出门。我们的活动半径不再拘泥于门前的那一小片天地。我开车带Lillian去二三十公里外的鱼人村，在早期德国移民留下的居民点旧址散步，累了就坐在人称天鹅湖的小湖边上，拿面包屑喂水鸭子。在N95口罩的严格卫护下，我们有时开车到稍远一些的特色店，买一些略有些犯罪感的小东西，比如韩国蛋糕、日本甜点。我们仍旧挑些便宜的肉食喂狐狸，但不再定时定点，一切随缘。我们依旧提防着丹丹的监控，但已经不像先前那么惊恐。没错，我们一直在对丹丹撒谎，但比起丹丹绕着她母亲织的那个局，我们所行的一切不过是雕虫小技。丹丹但凡还有几分脑子，都该自知理亏。每次丹丹打电话来，我几乎都是屏着呼吸等待她来揭穿我和她母亲共谋的小把戏，好和她来一场嗞啦啦冒火花的舌战。

我自以为不过是个吃瓜群众，但不知从何时开始，我已经择了边，把自己归在了"我们"阵营，竟全然忘了我每个月的工资是来自凡·丹伯格夫妇的银行账户。

"谁把谁带回家来？"我揪着Lillian回到了话头儿。

她把剩下的酒和我一人一半地分了，扬了扬瓶子，看着最后几滴都抖利索了，才哼了一声，说："福根，他们管这叫福根，我们领回来的却是祸根。"

我知道她的秉性，催她没用，只是由着她把那剩酒一口喝干了，夹菜的筷子伸出去，又停在半空，像两根偷闲的平衡木。

"丹丹不是我生的。我不能生孩子，流了几次，都保不住胎。到四十岁那一年，他突然说要不咱们就领一个？说这话没几天，他就抱回了这个孩子。现在想起来，他早就有了想法，在一路留意着。那孩子大概三五个月大小，说不上多丑，只是那眉目间不知怎的看上去有几分粗野。我问他是什么来路，他说是朋友介绍的，能办合法手续，你少知道点背景，心里能少点成见。他还说丑孩子好养活，我也就信了。

"从第一天起，这孩子就没让人睡过一个安稳觉。没有一样她没得过的病，我简直怀疑她是按着儿科常见病大典来一样一样地折腾我们的。那时'文革'刚过去没几年，我们回到了北京，都想干点事，单位常常加班。我和他轮着管孩子。一个大男人，他不怕笑话，把孩子绑在背上在办公室里干活儿。他说孩子长大了有了抵抗力，我们就轻省了。我也信了。后来才知道，她真正的祸害这会儿正藏在一天一样的病里，还没露头呢。

"小学毕业升初中的时候，她来例假，身体果真渐渐强壮了起来，我们才稍稍松了一口气。有一天放学回家，怎么劝也不肯吃饭，说要找她自己的家。领养她的时候，我们跟人换了房子，从六十平方米换成四十平方米，从城里换到了三环外，就是为了能避人眼舌。没想到她初中班级里有一个同学的爸爸是老叶单位的同事，多嘴把这事告诉了她。"

这是自老人院那事之后，Lillian第一次开口管他叫老叶，先前实在绕不过去的时候，她只用一个含含糊糊的"他"字。

"从此家无宁日，天天给你气受。大人想不出来的词，她都用上了。你不能想象一个十二三岁的孩子，啥事都还没经历过，一张嘴能像一口烟囱，熏死一屋人。隔了这么些年，我想起那些话来都还会打哆嗦。后来她扬言要到她爸单位闹，我们爱面子，他只好把她领去了她亲生父母的家。幸好那家人还在老地方住。我这才知道，她亲生父母在房山，生她的时候，前头已经有了四个女儿一个儿子。她找上门的时候，她最大的姐姐也才二十三岁，还没出嫁。她亲爸早先是搬运工，后来干不动了，才改了拉人力车。这孩子骨子里这么横，是因为她娘怀她的时候，没给过她一句好听的，她还在娘胎里时就听够了诅咒。

"她找上门去，正巧全家都在。她热切切一张脸贴上去，却没有一个人搭理她，谁都怕她来了就不走。他们家二十多平方米的房子，加上爷爷奶奶是九口人，连再搭张地铺的地方都没有。她亲爸开口就叫她滚，她往人家门槛上一坐，准备坐到天亮。老叶实在不忍，就悄悄给那家的爸塞了点钱，让他给张好脸，才总算把她劝回家来了，哭了一路，嚎得像狼。我们心想只能对她好些，再好些，她就不再惦记那头了。谁知她隔三岔五依旧还去，还不能踩在饭点上，因为没有人会留她吃饭。老叶只能月月悄悄给钱，他们才勉强跟她说句话。后来她哥哥姐姐就问她讨东西，我们给她买的随身听、计算器、羊绒手套、墨镜三天两头就不见了。我们明知缘由，心想东西若能买个太平，我们认了。

"谁知东西买不得太平。那家越冷待她，她越赶着往上贴。她在那家受的每一分气，回来就加倍撒在我们身上。有一天，我加班回家，看见家里没点灯。她的新大衣不见了,一个人坐在地板上,两只眼睛绿莹莹的像狼。我问她吃饭没有,她没吱声,半晌才从牙缝里挤出一句话:'总有一天,我要杀了你们。'我告诉了老叶,他说不能再这样下去了,得破了这个恶性循环才有救。他就跟单位递了申请,要求调到上海的分部工作。三个月后,我们全家搬离了京城。"

Lillian停下来,让我再去开一瓶酒。这样的故事,谁能一口气讲完呢!她的嘴巴挺得住,我的耳朵也不行。我开了新酒,我们接着吃喝,依旧是吃得少、喝得多。

"刚到上海时,太平了一阵子。老叶依旧时不时给房山那头寄钱,这回是让他们不要再搭理丹丹。好在那年头那家人没有电话,丹丹只能写信。写了几封信没有回音,渐渐地,这一厢情愿的兴头才败了下去。我们以为这就像生了一场大病,过了这个坎儿就好了,日子还能回到从前。谁知有一天我骑车出去替单位办点事,经过一家电影院,正正撞见了她和一群男孩在抽烟。紧接着老师打电话到单位,说丹丹已经两天没来上课,期中考试三门功课不及格。老师告诉我们丹丹整天和校外的一群孩子厮混,都是些不学好的人。老师恳求我们给孩子转学,省得影响班里其他同学。我们只好又一次跟人换房,大换小,近换远。搬的那个家,我们上班得倒三趟车,一来一回一天在路上浪费三四个小时,就是为了给她换个环境,心想能断了她和那些孩子的联系。后来才知道她的血里有气味,走到哪儿立刻有人叮上她。也说不清是人惹的她,还是她惹的人,总之,很快她就黏上了新的一拨人。

"有一天,我们从她的书包里翻出了一盒避孕药。十五岁半,她还没到十六岁。那天我和老叶关起门来,抱头痛哭。这孩子不是一件买错了的衣服,我们可以打包退回去,再换一件新的。她也不是一只讨人嫌的猫狗,你可以跑到一个人不知鬼不觉的地方悄悄扔掉。从她来的那天起,她就是我们永远甩不掉的责任。我们第一次感觉到无能为力,不约而同想到了死。那是唯一能摆脱她的方法。老叶说我们攒安定吧,他常常失眠,隔三岔五的要吃安眠药。没想到丹丹就在门口,听见了我们的话,总算知道了害怕。她冲进屋来,说:'爸,妈,你们给我再换个环境吧,这一次我一定学好。'那是她第一次跟我们认错服软。我和老叶心想浪子总算知道回头了,就换个地方吧,一切从头开始。那个时候社会开始松泛起来了,老叶通过他三妹在苏州给我俩找了个新单位,我们全家又挪了地方,去了苏州。"

房山、北京、上海、苏州,我在脑子里飞快地画了一张地图。我现在终于知道了丹丹南腔北调普通话的缘由。

那是她居住过的每一个地方在她血液里留下的痕迹。它们不甘寂寞、各不相让地借着她的唇舌发声。

"到苏州后，安置下新家，风平浪静了半年。这次学校没来告状，她成绩单上的分数虽不算好，但至少没有挂科。她每天准时出门上学，晚上我们下班时，她已经在家里做作业了。我们以为她真懂事了，没想到她不是学好，而是学聪明了，知道怎样卸下大人的警觉，把自己缩在我们的盲点里，在我们身后悄没声息地继续玩她的游戏。这次的事闹大了，不再是学校和家长管得了的了。高一的时候，有一天放学她没回家，晚上警察打来电话，说她在公共汽车上行窃被抓。她不是一个人，而是一伙人，这伙人已经多次犯案，不仅在公车上，也用万能钥匙撬锁进屋。我这才明白过来，为什么这一阵子她不再问我们要零花钱。她进了少管所，劳教三年。判刑那一天，我和老叶突然感觉很轻松：这么长的日子里，我们第一次终于不用担心她和谁在一起了。"

第二瓶酒喝到了一半，我开始感觉晕眩，太阳穴一蹦一蹦的，像有两只螳螂在斗法，头痛欲裂。Lillian的脸渐渐变形，成了一张戳了几个窟窿的大饼。有声音断断续续地飘过来，我已经听不太真切。

"为了她……从北京调到上海……到苏州，地方……

越来越小,职位越调越低……结果……"

我肚腹突然抽了一抽,像是有人在我的胃里捅了一棍子,喉咙一紧,哇的一声毫无防备地吐了。Lillian拧了一条湿毛巾过来给我擦脸。凉水一激,我清醒了过来,才发觉一地狼藉,满屋弥漫着酸腐之味。我和Lillian拿了拖把、抹布和垃圾桶,一阵叮叮咣咣地收拾干净,出了一身汗。Lillian摇摇头说:"我没事,你倒醉了,白年轻了这么多。"

"后来怎样了?"我问。

我们又坐了下来,酒是不喝了,换了热茶,再接着吃菜,却已索然无味。

"她做下的那些事,我和老叶单位的人都是不知道的,因为是未成年人,没有公开审判。她刑满出狱时,老叶去接,却被一个在少管所采访的小报记者撞见,偷拍了照片,放到了网上,把老叶一张老脸丢尽。从此老叶一看见人拍照就紧张。老叶想了再想,觉得再换个单位换个地方,都是换汤不换药,不如就狠狠心送她出国。于是,我们就提前办了退休手续,陪着她出国来念高中。

"六十出头,势头正猛的时候,我们出国了。我们年轻时学的是俄语,到这儿只能当流水线工人。每次听到国内同事晋升提级发财的消息,他嘴上不说,鬼知道心里是怎么想的?他脑子开始忘事,刚开始我还想使劲拉扯他,陪他下棋，玩填字游戏，找搭档打桥牌。后来我才明白，他是累了，不想记了，他想把这一切乌七八糟的事都忘了。一个人铁定了心思要放弃，那是一万匹马都拉不回来的。"

我叹息一声说："那丹丹呢？"

"她到了这里，英文烂得没人和她玩，伶牙俐齿的人突然成了哑巴。再加上三年监狱，一下子杀了她的气焰。过了二十岁这道坎儿，她总算把一场癔症犯完了，突然醒来，做起了正常人。念完高中，上了大学，再上研究生。碰上麦克，去了美国，找了份好工作，结婚生子。"

"也算浪子回头……"

Lillian 哼了一声打断了我，说："你想说金不换吗？那些馊鸡汤我一句也不想听。她回头了，可我们哪有金子去换她，我们已经一无所有。那些整天拿原生家庭说事的人全是白痴。按正态分布，我们是顶尖的百分之一的好父母。她在她亲娘的肚子里时就已经是狼，她生下来本来是要在狼群里活下来的，我们偏偏把她抱到羊圈来。这是我们唯一的错。"

我无语。那小雨呢？我的小雨呢？小雨的原生家庭是正态分布里的什么百分点？我不敢想。我们从垃圾堆里造就了一个从不惹事的女儿。

Lillian 起身，从冰箱里端出一盒日式小蛋糕，那是我们昨天买的,放到桌子上,又去客厅把茶几上摆的一张旧结婚照拿过来,摆到蛋糕跟前。

"今天是他的生日,我年年都给他过生日,今年是最后一回。"Lillian说。她让我帮着把桌子上的剩菜和杯盘碗盏都收了,又让我爬上凳子,拿出藏在橱柜顶层的景德镇骨瓷。那是来客人时才用的。她在桌子上摆上三套杯碟,我们各自一套,另一套留在空位上,然后颤颤地点上了蜡烛。

"小陈,你说得对,他已经死了。他把自己归零了。现在他的世界里只有Mary,我和丹丹都是前世的事。过了今天,我也归零,两清了。"Lillian鼓起腮帮,噗噗地吹蜡烛。肺气终是不足了,听起来声嘶力竭,绿茶蛋糕的白色奶油上落下了肮脏的烛烬。这是最后的挣扎,过了这一餐她不再有心。

"叶千秋,你生日快乐,我送你了,你好走。"Lillian喃喃地说,口气像祝寿,更像是永诀。

八十岁的日子还能归零重来吗?我不知道。

只有最亲的人才伤得了你,刀子捅起来最顺手,不需要防备,因为他知道你总在那里,且不会还手。

Lillian给我切了一沿蛋糕,我却怎么也咽不下去。奶油太腻,面粉隔夜已经变硬。我扔下餐巾纸,往自己屋里跑去，只觉得两颊隐隐刺疼，过了一会儿才醒悟过来那是眼泪。我已经很久不哭了。

我打开屋里的橱柜，从顶层抱下一只黑漆雕花木盒，说："我也不想把它带到你家来，可是我真的没有地方放了。"

我把那只盒子放到餐桌上，Lillian的眼睛碰到盒盖上那一行烫金字时像燎着了火似的抖了一抖。

廖小雨，2002.11.10-2021.2.15

"这是我女儿，Lillian。她没有故事。她还没来得及有故事。她本来可以至少有一个故事，可是我没允许她。"我泣不成声。

第-89天

小雨，今天是你和桑迪他们去蓝山滑雪的第三天。记得刚到蓝山的第一天，你给我发过信息也打过电话，报了平安。第二天白天我一直没有你的消息，直到半夜你才发来一条信息，说你们白天去滑了一天雪，晚上去镇里吃了晚饭，然后又在镇上逛了逛，回到公寓就晚了。

你到底也没有听从我的劝告，还是在外面吃了饭。这么冷的天你们只能在室内用餐，我不知道那家餐馆是不是遵守了防疫规定，座位是否设置了严格的社交距离。我有些生气，但转念一想，这天是情人节，让你们憋在公寓里不出门也有点勉为其难。情人节。你并没有告诉我你和谁吃了这顿饭，是所有人都在场，还是和某个身份不明者单独去了烛光晚宴。你没有给我发来照片。我查了你的微信朋友圈（还好，你并未像有些孩子那样把父母隔在圈外），你也没有发任何动态。这和你平时的习惯不太一样，平时你偶尔炒个西红柿鸡蛋也要从四五个角度拍摄来显摆一番。

这丝异常让我心中突然生出些疑虑，我很想多问你一句话，但最终我还是缩了回去。假若我没有在你的行李箱里发现那个盒子（我至今还不能坦然地说出那玩意儿的名字），我可能就自然而然地问你了。那是天下母亲的招牌做派。可就是那个盒子叫一切最普通的问话也生出歪腻，让我变得难以启齿。做父母的大约都想控制儿女的行踪，却又不敢走得太过，怕得罪了儿女。控制和得罪之间的距离太窄，一口气没喘匀就越线了，我走不好这样的钢丝。不过，你既然知道我已经发现了这个盒子，无论我敲不敲门，无论你让不让我进去，你都知道我就在你门外，我的影子本身就是震慑。我感觉稍稍释然。

今天早上起床，我的左眼开始剧烈地跳动，仿佛有个木偶戏师傅站在我的头顶，疯狂地扯动着缝在我眼皮上的木偶绳子。左眼跳灾右眼跳财。或者我记反了，该是右眼跳灾左眼跳财？我只是感觉心神不宁。你一天没给我发信息。我知道你们今天也要在外边滑一天雪，桑迪的父亲给你们请了私人教练。那是有钱人的做派。忍了半天，终于没能忍住，傍晚时分我还是给你发了一条语音信息，问你带的防寒服够不够暖和。你没有回复。

晚上六点三刻，我接到了一个陌生电话。平时我从不接陌生电话，不是广告就是诈骗，烦不胜烦。可是今天鬼使神差的我竟然接起来了，是个陌生的男人，讲英文。

"我们是安大略省警察署，你是陈太太吗？我们是从你女儿的驾照信息里查到你的电话的。"

"我女儿闯了什么祸？"我颤颤地问。

愚蠢啊，愚蠢！小雨，你妈对世间灾祸的想象力，最远也只能抵达鼻尖前的三寸地。我只想到大概是你违反了交通规则，擅自驾车。你只有临时驾照，你只能在有正式驾照的成人监护下驱车，而且车里不能坐有别人。桑迪的车里有五个人。

电话那头是片刻的沉默。是雪崩、海啸之前的那种天地停摆的沉默。我一下子醒悟了。

那人轻轻咳嗽了一声，说："我有不好的消息要告诉你：你女儿乘坐的车，在山道上出了事故……"

后来发生的事情我毫无记忆。

第-85天

小雨，今天我从警察署拿回了你的行李箱。打开箱子，我把你的衣服一件一件地摊在床上，俯下身去细细地闻。洗衣机把衣服洗得太干净了，它们现在闻起来只有洗涤剂和柔软剂的芬芳，而没有你的体味。你喜欢蓝色，从防寒服到内裤，每一件衣物都是蓝色的。海洋的蓝，松石的蓝，黎明时分的蓝，暮色将至的蓝，婴儿眼睛中的那一丝蓝。你穿上小蓝衣，你的身体裹在里面，蓝是你的小世界，你感觉安全。可是你的蓝并没有包裹好你，它把你丢弃在路旁。你仰面躺着，在白皑皑的积雪里，面朝暗夜的蓝。你去的是一个没有人回来过的世界，一个没有妈妈坐在地板上、带着惊恐唠叨你的自由世界。那个世界里也有蓝吗？

我拉开行李箱边兜的拉锁，临行前我塞进去的N95口罩少了一个。但是那个盒子，那个封面上印着两个亲密相依的男女的盒子，却完好未动，塑料包装纸依旧严实。小雨，我的孩子，是妈妈吓着你了吗？真是奇怪，在你尚未出发的时候，我多么希望你不会去拆那个盒子。不，我多么希望你压根儿就没拥有过这个盒子。哦不，我希望连这个盒子的影子都没有进入过你的梦境。可是现在，当你已经不在这个世界上了的时候，我却希望你用过这个盒子里的东西。假如这是你的第一次，你会带着战栗的疼痛和惊喜上路；假如这不是你的第一次，你的经验会教会你享受。可是，我剥夺了你体验人生的机会。那天我坐在地板上的神情，是一种你从未见过的样子，沥青一样深黑的惊恐和绝望，仿佛你要去做的是一件盘古开天地以来没有人做过的会让你祖宗、故里、每一个亲人和朋友脸上蒙灰的事。我的神情一定吓住了你，我使你的生命永远定格在一个从未体验过身体奥秘的十九岁零九十八天的雏儿上。我心如针扎。

带着这样复杂的愧疚，下午我去看望了尚住在医院里的那个男孩子。我已经从警察那里得知，你们那辆车里的第五个乘客的确是个男孩，假如二十四岁依旧还可以被称为男孩的话。请原谅我，我总是习惯性地把你的同代人都划入孩子的队列，其实当年我生下你的时候比他还年轻。

警察告诉我，那天开车的是桑迪的父亲，他是这辆车里唯一一个安然无恙的人，浑身只擦破了一块皮，在手背上。掌握方向盘的人总会在最后一刻听从直觉的强硬介入因而偏离危险,而乘客座上的人则往往会因为司机的直觉应急动作,陷入毫无防备的危险。直觉不听命于智力、情感、道德,直觉是跑在理性之前的那股子与生俱来的蛮力。直觉不可阻挡。那天坐在前排乘客座的是桑迪的母亲,而后排是你。你被发现时已经没有生命体征,桑迪的母亲则是经过了五个小时的抢救才宣告不治的。桑迪和那个男孩都受了伤,很糟糕的骨折,但都不致命,目前都还在住院治疗。

警察还告诉我,那个男孩证件上的名字叫 Henry Y. Wang。显而易见,这是个糊弄洋人的名字,真正能把他从人群的大海里捞出来的定位指南,是那个代表他中文名字的字母 Y。这个字母缩写落实到纸上,可以是"阴"也可以是"阳",可以是"云"也可以是"雨",甚至可以是"元"、"渊"、"圆"、"远"……我可以瞬间想出三千五百种可能性,可是我没去想。这些可能性对我来说无关紧要。我唯一需要知道的是把你和他这两个名字首字母都是 Y 的孩子连接起来的是一条什么样的线。我只需要找出这样一个答案。

我走进病房时他睡着了,一条腿吊在牵引架上,两只手在小腹上交叉成一个圆弧。也许是镇痛剂的效力,他睡得很沉，发出像猫被挠得舒服时的那种轻呼噜。我不得不称赞我女儿的审美标准。他真是一个漂亮的男孩啊，睡态里浮现的是一种刚刚脱离少年的青涩、还没来得及粘上成年人的油滑的纯真。一个人一生中拥有的这样干净的日子何其短暂。和长而无趣的一整个人生相比，这样的年月还占不到一个零头。他的眼窝很深，睫毛像两排尽忠职守的卫兵，举着交错的长矛守护着眼睛。鼻梁挺且直，上唇和下颌的胡子长出了淡淡的新茬儿。谁会给他刮胡子呢？是护士？还是母亲？此刻我希望有一把剃刀，把他的头枕在我的腿上，用肥皂水给他刮去那些成年人的痕迹。此刻他身边既没有护士也没有母亲，我感觉心疼，是一种因为你而连带着扯出来的心疼。

我还是不要吵醒他吧，打断这样的睡眠是一种罪过。我可以等。我还有什么需要着急的事呢？我再也没有一个女儿需要喂养、看护、拯救。我现在一天有七十二个小时，我可以等到他把镇痛剂的最后一丝余迹排出他的汗腺。

这时我突然看见他的身子抽了一抽，像婴儿在母腹里的那种悸动。他一定是做了个梦。是什么样的梦呢？他的梦里有你吗，小雨？我希望有。至少梦见你的不再是我孤孤单单的一个人。

在平静了几秒钟后，他的身体突然再次抽搐了一下，夹着脉搏血氧仪的那根手指头也跟着轻轻地跳动着，眉头蹙成一个小小的紧紧的线团。没有人可以解开那样的线团，仿佛全世界的纷乱都缠织在那里，哪一根线头都是陷阱，任何一次碰触都会引发地震。他是在做噩梦。我突然有些不忍。即使他的梦里有你，小雨，我也依旧不忍。我拍了拍他的脸颊，把他拍醒了。

他醒来时眼帘上的两排卫兵猝然闪开，露出他的眼睛。他茫然地看着我，嘴唇微微张开，却没有声音。我猜想他眼中看见的一定是一团迷雾。我静静地等待着他的眼神聚焦，我的脸在迷雾中浮现，五官定型。

"小雨妈妈？"他疑惑地问。

我吃了一惊，说："你怎么知道是我？"

"小雨给我看过你的照片，她说……"他的语气突然有些犹豫，说，"她说临行前不该惹你生气。"

我的血轰的一声涌到了太阳穴，脑门里有人在敲锣。我以为我要绕很久很远的路，经过许多废话，才能抵达那个话题。我没想到他用一根夹着脉搏血氧仪的手指头，轻轻一钩，就将我领过了千山万壑，直接抵达那扇门口。

"她有说是为什么吗？"我没敢看他，我害怕他说出来的话将会污染他眼睛里的那丝洁净。其实在这个世界上没有人是真正洁净的。一个人看见洁净，是因为他的眼睛还不认识泥淖。

"她说你总是不放心她一个人出门。"他说。

这不是我所期待的话,却是我的耳朵想听的。我松了一口气,却又陷入绝望。他松开了他的手指头,我失去了捷径,又落回到原路。我依旧还得靠自己的那一口力气行路,试探、迂回、辗转,顾左右而言他,一步一步地趋近那个话题。

"Henry,你的中文名字是什么?"这是我重新开始的第一步。

"王云,云彩的云。"他说。

一个可男可女但更像是女孩的名字,正符合他略带阴柔的长相。

云催生雨。云和雨。云雨。

小雨,连你俩的名字都带着这样隐秘的暗示和联想。是天意吗?天造就的,天毁灭。

"王云,给我说说那天的事。"我说。

"那天我们从滑雪场往回开,原本是桑迪妈妈开车的,可是前一天她喝了太多的酒,宿醉,头疼,就换了桑迪爸爸开。天黑得很早,又开始下雪,对面开过来一辆卡车,贴我们很近,叔叔打了一个急转,滑出去了……"

"小雨她痛吗?"我问。我想知道实情,又不想知道实情,我不知道我想知道什么。我甚至不知道我为什么要问这个问题。

"小雨应该没有。桑迪很痛,因为肋骨戳到了体外。我醒来时小雨离我最近,她已经没有呼吸,像是睡了,很安详……"Henry,不,王云,他的喉咙口鼓起一个大包,他快喘不过气了。

我捂住耳朵,此刻我不想听见任何声音,包括我自己的哭泣。我知道汉语里关于哭的动词很丰富,细细究来能有十数个。有泪无声者谓泣,有声无泪者谓号,有泪有声者谓哭……但我不知道我的哭声能用什么词来形容。我无泪无声。其实我不是没有眼泪,而是心太空,泪不够。一条蚯蚓似的细水,如何能爬过无际的荒漠,依旧留得下痕迹?

"你和小雨认识多久了?"我干涩地问。泪水已经在沙漠中蒸腾,地面只剩下一条裂缝。我知道我问的每一句话都是刀子,我也知道小雨你心疼他,可是也请你心疼你的母亲。他是最后一个见过你的人,我只能通过他来走进你生命的最后时刻。我每刮他一刀,自伤无数处。

他没有立刻回答,仿佛在进行复杂的心算,最后终于力不从心,说:"记不得具体的日子了,就是在士嘉堡恩慈医院做义工的时候认识的。"

那是小雨高二下学期高三上学期时候的事了。为了申请大学时履历上能有些亮点,她和桑迪一起去医院做义工。他们在那里相识,算起来,应该有一两年了。

"你们常常一起玩吗?"我在绕过千山万壑之后,又一次走到了那扇门前。

"我们有时去看电影,喝珍珠奶茶,K歌,偶尔也参加校园团契。"

"出事的前一天,情人节,你们去了哪里?"我看见自己的脚尖颤颤巍巍地踩上了问题的圆心。

男孩闭上眼睛,侧过脸去,面对着一堵白色的墙壁。我知道他脑子里正在回放记忆。那些记忆有毛边,拉到哪里都疼。可是我顾不得。我若不知道那个夜晚的事,我这一生都不得安宁。

"我们没想到疫情里蓝山镇还有这么多人。因为室内人数限制,几乎每一家餐馆都满客了。幸亏我们事先在一家西餐馆订了座,是想给他们一个惊喜的。"他说。

我们是谁?他们又是谁?是什么惊喜?

他读懂了我眼睛里的问题。

"那天晚上,我告诉他们我们的事。桑迪的妈妈很嗨,使劲喝酒,劝都劝不住。要是那晚没喝那么多,第二天就不会,就不会……"他哽咽住了。

"什么事要告诉他们?"我疑惑地问。

"我明年研究生毕业,要和桑迪……"

轰的一声,我的脑子被炸成了一地碎片,漫天尘土飞扬。愚钝啊,愚钝,我是何等愚钝。小雨,我的女儿,在你人生最后一个夜晚的这出戏里,你只是旁观者、见证人,而不是主角。

"小雨事先知道这事吗?"我听见自己的声音遥遥地飘过来。

"知道啊,所有的细节都是我和她一起商量的。"

我不知道自己是怎样离开医院的,也不知道要往哪里去。天黑了。天一黑我就安心。暮色是最好的保护色,涂抹在我的心境上,把我变成不惹人眼目的背景。等我最终在一条长旋梯跟前停下时,我才知道我已经走进了地铁站。医院的停车费太贵,今天我没开车。我的脑子不在现场,但是我的脚依旧有记忆,带着我走到了该去的地方。

正是下班的高峰期,地铁车厢里挤满了人。我太年轻,太健康,我的皮肤没有伤口,脸上没有干涸的泪痕。我正常到没有人会想到给我让座,问我"are you OK"(你没事吧)。我把自己吊在高高的扶手杠上,身子随着地铁的运行摇摆不定。

小雨,我的小雨,假如你已经知道了所有的事情,你为什么还要带上那个盒子？我的心咯噔一声，涌上了一个先前从未想过的问题。那天收拾行李的时候，你到底在想什么？你是不是想蜕下那一层套了你十九年的好女孩皮囊，铁了心要去做一次一生中最绝望也最勇敢的探险？也许你做了，是他把门关死了；也许你到最后一刻被怯弱征服，退缩了回去。真相我永远无从得知。我唯一知道的，是一件铁一般不容更改的事实：你没有动过那个盒子。

小雨，假若你能活到天年，我一定会像天底下所有苛严的母亲一样，劝你在诱惑面前转身离去。假如我有天眼，知道这会是你生命中的最后一个夜晚，我还会劝你吗？是的，我依旧还会劝你，但我会劝你做一只扑火的飞蛾。扔下你循规蹈矩的好皮囊，去偷，去抢，去作一次恶。桑迪还有很长的未来可以疗伤，小雨，我的小雨，你却再也没有机会犯错了。一个没有过错的一生是没有活过的一生。你如果用过了那个盒子，你无须忏悔，不用负疚，因为死洗白了一切，叫所有的过失归零。死就是到了头，死没有余辜。

小雨，妈妈的小雨，是我吓住了你。我让你天使般洁白而无趣地上路。我一辈子不得安生。

第101天

昨天的那顿生日饭（或者叫祭奠饭，两者并无区别），我记得是从中午开始的，却不记得什么时间结束的。何时回到屋里，何时上的床，我已毫无印象。今天醒来时已是早上十点多，我这才发觉我压根儿没脱衣服，脚上还穿着拖鞋，怀里依旧抱着小雨。我是说装着小雨的那个木匣子。我坐起来，脑袋里仿佛有一把钝锯在来回扯动，连肉屑都不成型。我感觉这次宿醉有可能进入我的个人记录。

Lillian已经起来了，但她没有叫醒我。我走到厨房，昨天的狼藉已经不见踪影，唯一留下的蛛丝马迹是三个空葡萄酒瓶子，个挨个整整齐齐亮闪闪地站在台面上，像接受检阅的三军仪仗队首领。这就是Lillian，连失态都保持着风度和台型。

我们喝了三瓶？

三瓶酒，两个女人，醉是醉了，却还没有成泥。完美的血液酒精浓度，正正地把脑子放置在好斗和嗜睡中间的那个黄金分割线上，话意浩浩荡荡地开了，嗓子也还有力气配合。我们说了多少话？我们把前世今生的伤疤都揭了。一个人完全清醒和彻底烂醉的时候，都是不可能这样剥自己的皮的。没有足量的吗啡，谁忍得下那个疼？过了那个量，谁还能有力气？

酒醒了我们会后悔吗？也许会，也许不会。我们终究不过是陌路人，喝过了一百瓶酒依旧还是。陌路人之间没有前因也没有后果。我们一起被推上了疫情这艘船，阴云一散我们就会下船，各自赶路。昨天Lillian说疫情完了我们要结伴出去浪。是的，她没说旅游，她用的就是这个浪字。八十岁的人用起浪字来，和四十三岁的人并无大不同，甚至更肆无忌惮。

"不用再等女儿懂事、男人好转，反正懂了事的女儿是凡·丹伯格先生的妻子，失了忆的男人是Mary的George，他们和我再无瓜葛。"Lillian说。

"小陈，你和我一起去浪吧，你也没有需要等候的人。我出你的那份钱，我给你写下保证书，无论路上出现什么状况，心脏骤停，脑溢血，中风，汽车撞死，走路摔死，游泳池淹死，被导游气死，在梦中睡死，吃饭时噎死，你都不用负责。"Lillian还说。

我信誓旦旦地答应了Lillian，还拍着胸脯说钱我大大地有，保证书我大大地不要。醒来才明白那不过是一句酒话而已，酒话岂可句句当真？疫情之后，我要做的第一件事，肯定不是陪Lillian旅行。我要带我的小雨回家。小雨离家的时候是十四岁，那十四年占了她整段人生中的百分之七十四。我有数字癖，任何事情只有化为数字和百分比才能进入消化系统。小雨，我十九岁零九十八天的小雨，理当长睡在那个她度过童年和少年的地方。只有在那里，她才可能是有娘也有爹的孩子。那个男人或许活到一百岁也成不了好丈夫，但他是一个过得去的父亲，一个在众多女人的怀抱里依旧努力为女儿腾出手来的父亲。我也许还会回到多伦多，也许永远不会。我也许还会见到Lillian，也许今生永不再见。我并没有刻意对Lillian撒谎，至少在我拍着胸脯的那一刻，我是真心的，就如同那些当着众人的面说出"我爱你"的男人，在奉上九十九朵玫瑰和一枚钻戒的那一刻，也是真心的。

况且，Lillian说的酒话，也不见得句句是真。即使在烂醉的边缘、唇门洞开的时刻，她依旧没有告诉我叶千秋是谁。我似乎已经知道了关于他的所有细节，但即使把这些细节一一铺陈组合，我依旧无法搭出一个整体。就如同我即便知道了一件衣服的所有细节，比如纤维成分、纺织密度、颜色、花样、锁边方式、拉链材料，我依旧不知道它到底是外套、衬衫，抑或是裙子。

一阵好奇心猝然涌上心头，我打开手机，在谷歌浏览器里输入了"叶千秋"三个字。屏幕上跳出了几十个词条，领英，百度百科，维基百科，微博，脸书，推特，

Instagram。田径运动员，硅谷电脑工程师，婚介公司老总，心理咨询师，育苗基地负责人，公司项目经理……真名，网名，化名。我没想到这个名字竟是如此红火，它满足了无数人（包括叶千秋母亲）的美好愿望，或者说虚荣心。谁不向往天长地久，无论是功名、爱情，还是寿命？

这些都不是我要找的那个人，他们都比他年轻。我在叶千秋的名字前面加了过滤信息，先后试了"学者"、"工程师"、"北京"、"上海"、"苏州"几个关键词，词条依次减少，但依旧没有找到线索。当我浏览到"苏州"索引页面的第十四页时，屏幕上突然蹦出一个前面没有出现过的怪异组合：配偶叶千秋。

我点入这个词条，发现它是一个陈旧的学术网站。这个页面已经多年未曾更新，有诸多乱码和错行漏字。引用了叶千秋名字的那一行内容是：著名建筑学家周黎安和配偶叶千秋（机口工程师）今天下午到访苏州科口大学，据悉市政府有意通过特口人才口道将他们引入本市。

我键入"周黎安"的名字，页面上立刻浮现出几张照片。那是我熟悉的脸。确切地说，是我熟悉的那张脸的年轻版本。

周黎安，著名建筑学家，毕业于莫斯科国立建筑大学（前身为莫斯科古比雪夫工程建筑学院）。曾任北京建筑设计院副总工程师、上海建筑设计分院副院长、苏州科技大学建筑与城市规划学院学术部主任。国务院政府特殊津贴获得者。一九九八年获得夏雷特国际建筑奖，是亚洲第一个获此殊荣的女建筑师。

我怔住。昨天的酒，到这一刻才完全清醒。

Lillian有一句真话吗？

也许，她告诉我的每一件事都是真的，她只是胡乱指派了做事的人。她把最疼的角色都安在了叶千秋身上，因为叶千秋已经没有了疼痛神经。叶千秋再也不知道疼了。我又拿什么来苛责她呢？我是比她勇敢，还是比她诚实？在正态分布中（套用建筑学家周黎安最喜欢的描述方式），我们承受疼痛的阈值大概都在最高的百分之十里，但我们依旧不是勇士。在某些见不得光的时刻，我们都是懦夫，甚至是爬虫。

Lillian此刻已经在后院干活儿。夏意已薄，秋声渐起，这个时节院子里当令的是菊花。假如我从来没有和Lillian一起种过花，我永远不会知道菊花是天底下最贱最不吝力气的花，只要有一条缝，哪怕是岩石，它也敢钻进去，没脸没皮地开它个姹紫嫣红。每隔一两天，Lillian就要修剪几枝下来插瓶。Lillian坐的凳子边上摆着一个带有保温层的餐盒，里边放着一个冰袋，是用来冷却鸡爪子的。她在随时等待着狐狸的光临。

狐狸第一次来到这个院子时，尚是五月中旬，北国还未完全度过霜期，院子里的许多花在那时尚未栽种入土。那时我们对动物世界的认知还停留在赵忠祥为我们推开的那一丝门缝里。狐狸给我们带来了严冬之后的苏醒和好奇。一整个夏天，我们从未停止过向狐狸索求，我们的贪婪没有止境。我们问狐狸讨要麻醉药和镇痛剂，索取逃离和治愈。狐狸最终为我们打开了赵忠祥没有完全打开的门，门里其实并无奥秘。我们看见的是我们早已知道却不肯面对的现实。人兽之间的情感交流，不过是两个寂寞女人一厢情愿的臆想。狐狸记住的只有食物，而不是给予食物的人。狐狸对一切喂食者一视同仁。

我们知道了真相，却依旧在孜孜不倦地等待它们的来临，那是因为我们仍然心有所求。现在我们向它们索求的是依赖感。这世上已经没有依赖我们的人，连记忆被掏空了的叶千秋都不再需要我们。他现在舒舒服服地待在George的外壳里，一心一意地依赖着不是娟子的Mary。

除了狐狸，我们还剩下什么？

第136天

小狐狸死了。

它的尸体是今天早上我和Lillian收拾落叶时在雨棚里发现的。大概刚死不久，它的皮毛依旧闪着血脉供养的光泽，肌肤还留有弹性。它身上既没有外伤，也没有任何经过激烈搏斗的迹象。它的身体松松地蜷成一个椭圆，头垂在两条前腿之间，神态安然，仿佛仅仅是吃得太饱，有些倦怠，需要在一场酣睡中消耗一些多余的脂肪。

夺去它性命的，是一朵雨后绽放的毒蘑菇？或是一场最终销蚀了某个器官的慢性病？这将是一个永远无解的秘密。

这个为狐狸而建的小雨棚，狐狸却从来没有光顾过。久而久之，连我们自己也渐渐忘却了它的存在，由着不需要阳光的野草在里边疯长。在我和Lillian一枚钉子一块木板地搭建这个雨棚时，我们以人类的固执理念推及动物，认定它会是遮风挡雨的家园。我们赋予了它与温暖、抚养、呵护相关的属性，但我们却没有想到它也可以装载死亡。我们绝对没有料到，这只在所有的狐狸中最得我们垂怜的小狐狸，会在这里做完它一生的最后一个梦。我只听说猫在病痛的时候会默默地去到一个远离人群和同类的地方，舔舐自己的伤口，告别世界。我不知道狐狸也可以这样。它来到我们的后院乞食，纯属偶然，但是它在这个雨棚里静静地死去，却是刻意的挑选。

这只小狐狸的母亲在把它带出树林之前，一定告诉过它，冬天来临的时候，它们会回到树林。或许它的母亲还答应过它，下一个夏天它们还将走出树林，重返城市，在人心里找到一块柔软之处，那里或许还会有猪下水和鸡爪子。假若一只在城市和树林的边缘讨生活的狐狸平均只能活过三个夏天，这一只却只活了一个夏天。在它一生唯一的一个夏天中，它又在我们的后院度过了多少时光？不知为什么，现在我常常会不知不觉地用"我们的"来形容Lillian家的后院。这里不是我的家，即使我使用了一千次"我们"，我依然不会成为她的一部分。这是题外话。正题还是狐狸。这只小狐狸的母亲食言了，没能把它带回树林，更没能把它带回到下一个夏季。它甚至还没来得及见识一个真正的秋天，一个每家门前摆着南瓜、玉米和稻草人的装饰品，所有的母亲都期待在餐桌上给儿女切火鸡的加拿大感恩节。

我们感到震惊，坐在雨棚前的草地上相对无语。

后来Lillian建议在雨棚边上挖一个坑，把小狐狸埋在后院。我说怕有动物半夜来掘土挖尸，还有细菌病毒的隐患。最后我们决定通知动物控制中心，让他们来处理后事。疫情拨慢了所有的钟表，城市的节奏延迟了许多个节拍。电话占了很久的线，不禁让人产生是不是有大批动物同时感染新冠的怀疑。两个小时后终于接通了，工作人员似乎堵在每一个街口，等到他们的车终于到来时已近傍晚。

整个下午院子里格外安静，松鼠在别人的后院搬运松果，野兔躲在别处的树洞里惊魂未定地颤动着耳朵。蓝松鸦、红脯罗宾失去了翅膀，连麻雀也挑了另一角天空飞行。它们都从空气中闻到了死亡。它们在逃离死亡。静默巨大而充满了威慑的力量。

在他们取走小狐狸之前，我剪下了它的一绺毛发，装在一个小小的首饰盒里。我把开着盖的盒子放在一天中最后的一缕阳光里，我看见了一束金灿灿的火苗。小雨，等我带你回家的时候，我会把这束火苗放在你边上。你和它生下来就是一把火啊，就是靠着这把火的气力，它把那条蜷曲在肚腹上的伤腿掰直了，而你，在一对任性自私的男女设下的婚姻陷阱中，一次又一次地闪避了他们射向对方的明枪暗箭。你和它本来都渴望着更多的夏季，它兴许会带着它的孩子，你也会的，在某一天。你们本来还会去一些你们的母亲没去过的地方探险，战栗惊恐，却又兴奋无比，可是你们的母亲没有保护好你们。你们的母亲把你们弄丢了。十九层地狱也不足以惩治她们的罪愆。

小雨,我总觉得这几个月里发生的事情,Lillian、叶千秋、凡·丹伯格夫妇、大狐狸、小狐狸,甚至疫情,都与你有关。这一切似乎都是某种暗示和隐喻。你想告诉我什么呢,我十九岁零九十八天的女儿?我是你四十三岁的依旧没有长大的母亲,我还没有想清楚。

但是,人是健忘的,用不了多久,当冰雪降临、万兽归林的时候,这条街上的话题就不再会是狐狸。

很快,话题会变成奥密克戎,一种新兽。

二〇二一年十二月二十日至
二〇二二年一月二十九日
于多伦多的皑皑白雪之中

小寒日访程爷

一

王钰约了阿陶元旦过后去看程爷。动身的时候，下了几天的雨突然停了，轰的一声炸出一个大太阳，晒在身上酥酥痒痒的，像爬了层蚂蚁。

"二十一摄氏度，啥妖孽，还是不是小寒了？"阿陶骂了一句，把外套脱了，扔在后座。

阿陶跟程爷熟，前一次也是他陪王钰见的程爷。

"你说他还认得我吗？"王钰问。

程爷刚过完九十八岁生日，正在往九十九岁上奔，记性像一张网眼很大的筛子，落上去的多，留下来的少。

"前两天老马去了，提前做了个准备。给他看了视频，说是记得。鬼晓得，这个岁数，上午一个样，下午一个样。"阿陶说。

老马是志愿队的头儿，阿陶是老马的副手。

路不远，一个半小时就到了。到了村口，王钰说要看看风景，阿陶便在一棵槐树底下停了车，两人走路进村。路是土路，雨压过，倒也没什么大灰尘。路边都是两层的矮楼，有石灰墙的，也有马赛克铺面的，不同时期里盖的，各有各的路子，横不成行，竖不成列。各家门前的竹架上都晾着衣服，有的还湿哒哒地滴着水，是婆娘们赶着天晴刚洗出来的。田里有些耐冬的青菜，阿陶指了几样，王钰大多不认得。太阳把黄的绿的都洗成了灰，王钰一下子觉出了身上那件沉红呢子大衣的别扭。

程爷住的是老平房，陷落在一群矮楼之中，好认，但却难找。阿陶来过多回，回回都走过了。兜兜转转的，才在两座小楼的夹缝里找见了程爷的乌龟壳。房子是程爷死去的老伴儿的。准确地说，是他死去的老伴儿的头一个丈夫的。那年程爷从牢里放出来时已经四十六岁，回到村里，发现爹娘留下的那间老屋早塌了。砌墙的石头已被邻居挖去盖了猪圈，连窗框都被人拆走做了柴火。爹娘和哥哥都死了，嫂子带着孩子改了嫁，他就在队里的农具仓库睡觉，地上铺块塑料布，夜里脸上爬着老鼠。村里有个姓萧的寡妇见了不忍，就把他给收了，好歹算个劳力。

程爷在娘胎里就不老实，没日没夜地闹腾，差点把他娘的肚皮踢出个窟窿。程爷从小爱打架。四岁时，邻居的鹅啄了他一口，他抓起一块石头就把鹅拍成了一坨肉泥。长大后越发不可收拾，一个不中看的眼神，一句不中听的话，一笔没算清楚的账，一寸越过他家地界的篱笆，他懒得骂人，直接就用拳头说话。祸闯大了，也跑出去躲过几年。名声传得远了，年过三十还是一条光棍，没人敢把女儿嫁给他。

三十一岁那年，程爷闯下了最大的一场祸，和村里骟牲口的阿旺起了争执，一锄头砍断了阿旺的跟腱。故意伤人罪，蹲了十五年监狱。爹娘到老到死也管不住程爷，监狱却把他收拾得服帖了，出来后拳头软了，不再出声。

乡下人日子过得潦草，不如城里人长寿。渐渐地，程爷就把那些知道他陈年旧事的人都熬死了，只剩了个他自己，还在没完没了地活着。村里一茬又一茬的新人出生长大，看见程爷在村后的果园里摘瓯柑，在门前的自留地里拔萝卜搭黄瓜架子，一脸泥塑木雕样，从不开口说话。众人只晓得是个姓程的老绝户，再不知其他。再后来，青壮劳力都到城里打工去了，村里住进来一些租地做营生的外地人，程爷就成了弃地里的草，自生自灭，被人忘了。

直到有一天，村里突然开进来两辆汽车，一队人马捧着鲜花和一条红绶带走进程爷的家，送来一个装着一枚黄灿灿的纪念章的匣子。众人围过来看热闹,看清了纪念章上的字:中国人民抗日战争胜利七十周年纪念章。众人这才知道程爷年轻时当过兵打过仗。那时程爷的脑子还够用,进里屋换了身平整衣服出来,然后被接到城里开了一个会,吃了一顿请。饭后,程爷站起来,脚跟啪地并拢,直直地敬了个礼,从兜里掏出一张捏出了水的百元纸钞,递给领导说:"长官说过,不能吃白食。"席间有个记者听后很受感动,就把程爷的事写成一篇洋洋洒洒的报道,发表出来后四处有人转载。打那以后,程爷的家里进进出出的就有了人声。

程爷的故事开始出现在各式媒体和网络平台上,被编进各种版本的口述历史书里。村人没想到这个抽巴老头儿竟有过一段这样猛爆的人生经历,方懂得人不可貌相、海水不可斗量,从此见到他,远远的就喊一声"程爷"。程爷哼哈地应答着,脸上隐隐裂开了缝。王钰偶然看到程爷的故事,便辗转找到志愿队帮忙搭桥,联系到程爷作了一个专访。

转眼这就是七八年前的事了。这七八年里,世上发生了许多变故。程爷的老伴儿没了,程爷自己也走不太动路了,脑子从一条偶尔泛浑的小河变成了一锅糨糊。阿陶从供职多年的商报辞职,利用从前积攒的资源,开了一家文教产品网店,直播卖货,赚了点小钱。王钰则还待在原先那家华人媒体,只是身份从雇员变成了老板。用阿陶的话来说,是炒股炒成了股东。王钰当年还有个办公室,现在她一个人在地下室办报,偶尔找个临时助理,从前的收入叫底薪,现在的收入叫利润,永远战战兢兢地趴在亏损线上,随时预备着落水。

程爷的屋子从外表看跟前次没多大变动,依旧低矮,依旧破旧。但凡一样东西烂到了骨头,也就再无可烂之处了。门楣上贴着一张"民族脊梁"的红纸,色泽新鲜,显然不是王钰从前见过的那一张了,只是不知从那一张到这一张,中间还换过多少张。

程爷门前也摆着一个晾衣服的竹架子,却是光秃秃的,风吹日晒雨淋,白森森的露出竹筋,看着恍如一副人骨。屋旁的自留地里种着菜,喂饱了雨水,叶子精瘦精瘦的,倒不见有杂草。

"老马带人收拾过了。"阿陶告诉王钰。

"地里的事平时谁管?"王钰问。

"一个拐了八百道弯的堂侄偶尔过来打理。"阿陶贼头贼脑地四下看了看,压低了嗓门说,"惦记这间破屋呢。房子不值几个钱,宅基地有用。你别写这事。"

王钰已经走到门口,又被阿陶喊了回去,说:"再走一遍,刚才忘了拍视频。国际媒体探访民族英雄,有噱头。我也可以发个抖音。"

阿陶玩抖音玩上了瘾,每天以放百子炮的速度发推送,路上跟王钰唠瑟,说已经攒了十二万粉丝。

"还有什么事是你不发抖音的?"王钰笑问。

"有啊,床上的事不发,茅坑的事也不发。"阿陶说。

这几年阿陶和王钰一直没断了联系,两人已经混成了哥们儿,一个敢说,一个敢听。

"拍后背,不秀脸。"王钰折回去又重走了一遍,突然感觉长出了两只左腿。

"微笑,背影也要有表情。"阿陶喊道。

程爷的屋子坐北朝南,可惜窗子小,又被两边的楼挡了光,就有些昏暗。两人从大太阳底下乍一进门,只觉得眼睛掉在了屋外。吭当一声,王钰撞倒了一张条凳,身子一矮,搂着膝盖嘶嘶喊疼。阿陶熟门熟路地摸着了一根灯绳,轻轻一扯,黑暗就破开了一个窟窿。王钰一眼瞧见半面墙的报纸,从门口一路糊到将近厨房的位置,都是关于程爷的报道,大多是地方媒体。再看一眼,她就发现在最显眼的位置上,贴的是她写的专访。还是她当年从多伦多寄过来的,整整四版。全球华文文化周刊。报名本来就是粗体,又被重重地勾出了一个圈,旁边有一行颤颤巍巍的钢笔字：著名国际媒体。纸比人还不经老，才几年的工夫，已经皱起一身黄皮。王钰拿手指头轻轻一蹭，听见了沙沙的脆裂声。

著名国际媒体。王钰的脸一热。

程爷不会知道，在多伦多，阿猫阿狗都可以成立一家公司，不需要注册资本，有个小房间就能办报。世界，环球，国际，宇宙，五花八门的名字，只要不重了别人的名，就可以随意挑。她所在的报纸，即使在最鼎盛时期，加上老板也只有四名正式员工，一个管钱，一个跑广告，两个管采编。实在忙不过来，再雇一两个临时工。采访程爷的时候，报业已过巅峰期，版面从最初的四十版，缩水到了二十版。最惨淡的一周只卖出三则半版的黑白广告。为了填版面，有时还要免费放置广告。老板对外咋呼，说发行量是一万五千份，实际印数不到两千，放在超市门口任人免费取。若是没取完，剩下的，超市的收银员就拿去包顾客买的酱油醋瓶子。程爷的脸贴过多少只瓶子？五十个？一百个？

后来实在办不下去，老板就用五百加元的象征性价格，把这个烫手的山芋转手扔给了王钰。王钰愿意接手，是因为办公室租约到期了，她可以搬到家里办公，辞退员工，再减印数。除了印刷费，她几乎没有其他费用，而老客户的广告收入，大抵可以和印刷费持平。丈夫有一份高薪工作，女儿已经大学毕业，她知道下一顿饭在哪里，心稳。她是中文系毕业的，她只是戒不了码字的瘾，而办报，是最顺手的解药。

那回见程爷，是一次精心的预谋。老板从一个位于纽约的亚裔文化基金会申请到一笔专门支持北美华文媒体的经费，需要完成一个关于第二次世界大战东方战场的调研写作计划。计划内容是书写北美军人在东方战场和中国人携手作战的经历。老板收了钱，把活儿派给了王钰。正值焦头烂额找头绪的时候，王钰突然在一篇微信公众号文章里看到了程爷的故事。程爷参过军，接受过美国人的训练，打过日本人。程爷的经历严丝合缝地对上了基金会的每一项要求。于是她一趟飞机飞到中国，兜兜转转找到了程爷。程爷是她的一篇命题作文，一份课堂作业。

可是，她亏负程爷了吗？程爷在脑子还没烂透的时候，经历了一个高光时刻，出演了一场真刀真枪的好戏。程爷不是龙套，程爷是正儿八经的主角。只是程爷不知道她的班子是个草台班子。程爷用不着知道。真相杀人。程爷的记忆筒仓如今已经满了，盖了盖，上了锁，不会再打开，不会再添新的内容。她在盖子合上的前一刻，往筒仓里放进了最后一样物品。那是一支火把，叫程爷走进永夜时带着一片光亮。

更何况，那四个版面，每一个字都经过了水和火的锻造。那是她一生中写得最好的文章。

二

早在王钰之前，程爷已经被好几家媒体写过了。这家和那家，援引的都是同一个范本，各添些油加些水，是体积膨胀了的通稿。人物，时间，地点，事件，原因，过程，该有的新闻要素都有。他们搭造了一副完美无缺的骨骼，唯独少了些血肉和情绪。血肉和情绪是她一点一点挤牙膏似的从程爷的记忆窄巷里挤出来的。

见程爷时，王钰已经在网上趴了好几天，把所有能查到的资料都扫了一遍。训练班所在地的地理位置、乡俗民风，美国教官留下的照片，中国学员在二十世纪六七十年代写下的交代材料，村民对训练班的回忆，各种版本的口述历史……材料稀少而零散，每个字都得细细咀嚼。王钰把所得的信息绕着程爷编成了一张网，在稀疏的网眼里组织着她的问题。

在程爷身份曝光之前，他已经好多年没在人前说过话了，舌头已经锈迹重重。生锈的过程是缓慢的，今天一个点，明天一块斑，日积月累。而除锈的过程却像魔术，只需要几盏镁光灯。程爷是识文断字的，读过中学。这也是当年训练班挑上他的原因之一。这些年里，舌头虽然没派上大用场，眼睛和耳朵却还没废，依旧能观六路察八方。自从门前有了车马，程爷也学会了说场面话。

王钰有备而来。

王钰耐心地听程爷麻麻溜溜地说过了开场，才甩出第一个问题："那年你送日本人的寿桃和挂面，事先尝过吗？是什么味道？"

程爷猝不及防，一怔。这是一个行家的问题，客套和场面话都使不上劲儿。

程爷就是在那一刻明白了，他遇上了一个较真的人。

那次王钰和阿陶、老马几个在程爷家里待了整整一天。那时程家阿婆还在，给他们煮了两顿便饭，都是肉丝笋干短尺。短尺是一种状如尺子的面条，是程爷家乡的特产。程爷七十年里讲的话加起来都没有那一天多。程爷讲得口干舌燥，王钰拿出西洋参切片，让阿婆泡茶给程爷喝，润肺润嗓。程爷尝了一口，咂了咂嘴，就不肯再喝。

离开程爷家时，天已经墨黑。回城的路上，阿陶说："今天老头儿很嗨啊！"

老马说："老头儿这阵子天天都嗨。"

阿陶说:"今天是不同的嗨。"

王钰问:"怎么个不同法?"

阿陶想了想,说:"像是被人挠着了痒处,从前没听他讲过这些事。"

众人忍不住笑了。笑过后,王钰想起了一件正事。

"我看了一下,程爷炸日本人的事,最早是从你们做的一篇口述历史来的。后来的报道,都没有作独立调研,全是引了你们现成的故事。你们……"王钰顿了一顿,仿佛喉咙里鲠着一根鱼骨,话突然就被扯成了布絮,"除了程爷自己的说法,你们还有……还有别的佐证吗?我只是……只是……想严谨一点。"

她的语气很委婉,但是最柔软的丝绸也藏掖不住刀刃。车里一下子静了下来,呼吸听起来像飓风。她的手下意识地一哆嗦,轻轻捏住了安全带。

"老马是历史学会的……"阿陶还想往下说,却被老马拦住了。

"程爷的名字和籍贯,是我们在抗战历史资料馆里偶然发现的。后来通过当地民政局,找到了程爷本人,才有了纪念章的事,还有民政局的补贴。那些在程爷前头死了的,只能是命。"老马说。

"我们在军事档案馆找到的部队番号、训练班时间，和程爷自己说的都对得上号。炸日本人驻地的事，一九四四年九月二十七日的芦安县志里有五百六十九个字的记载。那时县里没有报纸，但我们在孔夫子旧书网上找到了一封写于一九四四年十月的家书，是县医院一个叫林巧梅的护士写给她的未婚夫的，信里讲到几天前有个姓程的小伙子，一个人混进日本军营炸死了六个日本人。日本人摸不清情况，只好退出了县城。还有一个叫酒井的日本军官，在浙江驻扎过，写下一本战地日记，有人翻译了，叫《支那的油菜花》，第一百五十六页到一百五十七页里也讲到了这件事。"

"天，你这个记忆力！"王钰惊叹。

"记忆力个头，你问他早上吃的是什么？"阿陶哼了一声，说，"还不是层层认证审核，一次次准备材料，傻子也记住了。"

王钰无语。

三

回到多伦多，王钰就开始动笔。一泻千里，一气呵成，两万三千个字。搁置了几天冷一冷，再回头看，王钰吃了一惊。这些年在多伦多，她从没停过笔，一直满城疯跑做采访、写报道，写过就忘。她的采访对象大多是投资顾问、移民律师、房地产经纪人、超市老板、社区名流，他们是报社的潜在客户。跑广告的同事拿来一张名片，她就打电话给名片上的人，主动约采访。她知道他们想听什么，写起来得心应手。笔知道路，很少来烦她的脑子。待采访印出来，往往就会收到一张广告订单。这是报社的流水线，每人各司其职，彼此无缝对接。可是她的笔遇到程爷，突然就生出了自己的主张，挣脱了那条跑了十年的熟路。程爷惊了她的笔，叫笔活了。笔也叫程爷活了。

其实程爷的故事早已被人说过了，程爷人生的那个截面已经被锯下来，像一圈带着年轮的木头，摊晒在互联网上，经过了千万双眼睛的拂扫。那些写程爷的人都讲了同一个故事：浙南芦安县有个叫程高远的年轻人，十八岁那年辍了学，奔赴国难。因为机敏勇敢，被挑选参加美国人办的特种技术训练班。训练班所在的县城被日军占领，他化装成商会头目，把炸弹藏在礼品中，只身前往日军驻地，心怀殉国之志，一举炸毁了指挥中心，而且平安脱身，毫发无损。

这是一个英雄的故事。英雄离天很近，她踮着脚尖也够不着。她想写一个她够得着的故事。赴与不赴，国难都在。在头顶，在脚下，在前，在后，在左，在右，一抬头一伸手就碰上了,没人躲得开去。那个叫程高远的年轻人像一只缠在蜘蛛网里的昆虫那样,被缠进了国难里,于无奈之中做出了一件惊天动地的事。

于是,她就写了一个新版本的老故事:浙南芦安县裕元村有一个叫程高远的乡下男孩,生性暴躁,时常打架闯祸。爹娘节衣缩食,把他送到县城上中学,心想学堂的先生兴许能管得了他。在学校里这个孩子安分地读了几年书,长成了一个年轻人。临毕业,因为一瓶咸菜跟同学起了纷争,到头来还是没能管住拳头,误伤了前来劝架的先生,被学校开除。年轻人没脸回乡,就在外头流浪,走了许多路,吃了许多苦。百般无奈之中起了回家的念头,不料在路上被抓了壮丁。他本来是可以逃的,可是他没逃,因为他觉得当兵至少还可以有口饭吃。后来因为他受过教育,会说官话,就被挑去参加了美国人办的训练班。

训练班里教的是对付日本人的特种技术:通讯监听,电码破译,心理战,定时、遥控爆破……年轻人对武器表现出极大的兴趣,任是什么型号的枪,只要看过一次,就能在十分钟内拆成一堆零碎,再严丝合缝地装回去。美国人通过驼峰航线带来一种软性炸药,能做成面食形状,可以在遭到盘查时少量食用。教官将经过安全测试的面食发给中国学员,中国学员尝了,却全体腹泻,有人甚至陷入昏迷，只有那个年轻人安然无恙。后来县城里来了日本人，训练班驻地随时面临暴露的危险。长官命令那个年轻人只身去县城执行任务，炸毁日本人的驻地。一个人行动方便，行事进退更灵活。训练班几十人，单单选上他，不仅是因为他机敏，射击精准，有一副牛马一样的肠胃，会说当地方言，更紧要的是，长官发现他的眼神很特别，无论怎样逼视，都不会躲闪。年轻人似乎不知道何为害怕。

出发前的几天，年轻人接受了另一轮培训。这一回，美国教官的洋花头经完全派不上用场了。上头请来一位专给有钱人做衣服、见惯了江湖各路人马各类做派的老裁缝，教导年轻人相应的礼数：怎样穿丝葛长衫戴礼帽，怎样撩起下摆落座，怎样脱帽行礼，怎样掖怀表，怎样把头发梳成分头显得老成。年轻人在乡下长大，挑惯了担子，犁惯了田，老裁缝又教他怎样把腿并拢，并肩抬胸，用和皮鞋相宜的步态走路。当年轻人梳洗穿戴完毕、拄着一根文明棍、怀揣一张商会秘书长的烫金名片走出营地的时候，他看起来就像是一个三代经商、腰缠万贯的富家子弟。

训练班得到情报，知道日本人的头目龟田少佐那天过生日。年轻人带到日本人驻地的礼物是寿桃、鸡蛋挂面、各样精美糕点，还有市面上极为紧俏的洋皂和消炎药，都是经过巧妙伪装的软性炸药。为防止日本人收到礼物后一样一样仔细盘点，露出马脚，或者当场分派礼品造成分散储藏，枪械师把炸药的定时设得很紧。事后回想起来，年轻人才明白，长官派了他一人出行，其实没有指望他会活着回来。他本想把礼物搁在门房就走，没料想值班的日本兵跟商会的人很熟，说并不认得他，他只得说了几个事先打听好的商会头目的名字。来回盘问搪塞了几句，就拖延了十来分钟。他不能当着日本人的面掏出怀表看时间，只急得脑瓜仁子咚咚地锤鼓。等他最终脱身，跳上一辆黄包车，才跑出半条街，就听见了身后天塌地裂的一声巨响。

等他回到训练班驻地，已经是第二天凌晨。众人见到他，仿佛见到了鬼。他丢了一只鞋子，浑身湿透，衣服滴滴答答地淌着水，在泥地上流成一条散发着隐隐臭气的小溪。一屋的人只听见他上下排牙齿格格地相撞，却问不出一句话来。这一路到底发生过什么？他是怎样走回营地的？他完全没有印象。他没冲洗，直接扎进被窝，倒头便睡，整整睡了一天。醒来后同宿舍的人告诉他，他一直在说梦话，不停地问："我死没死？"

他们都错了。爹娘错了，学堂的先生错了，训练班的长官和战友也错了。年轻人不是不害怕，他只是不知道自己害怕。

这就是一个卷在国难中的寻常人的故事。寻常人在不寻常的时代里做了一件寻常日子里想都不会想的事,寻常人身上便有了非同寻常的光亮。有光是因为有裂缝,裂缝里透进了光。

时隔八年,王钰面对面地站在那几页鸡皮一样发黄起皱的报纸面前,依旧觉得那是她一生写得最好的文字。草台班子唱了一出好戏,她没有亏负程爷。

"这些报纸要电子化一下,要不就变粉尘了。"王钰转身对阿陶说。

"都扫描存档了。每一次采访,每一张照片,每一段视频,都备了三份,老爷子一份,军事档案馆一份,志愿队一份。"见王钰没吱声,阿陶就笑,说,"你以为我们就是送送花,系系红领巾,年节挂个横幅、送个红包?"

四

卧室的门是开着的。程爷家大大小小的门都是开着的,没有一个地方上锁,谁都可以堂而皇之长驱直入地直捣程爷的中枢。

程爷在睡觉。九十八岁的觉很轻,眼皮上有一只白蛾子在轻轻颤动,那是太阳投下的光斑。程爷的被子霸道地捂住了他一整个脖子和半个下巴,只露出一颗头,头发稀落落的像是风吹过的蒲公英。程爷的脸上已经没有肉,皮贴在骨上,阳光一照,几乎看得见骨头的纹路,卸了假牙的嘴是一个幽黑的坑。

床上方的墙上,挂着两张镶了镜框的放大照片。一张是阿婆的黑白照,有些年月了,还是中年往老年奔的模样,头发掖在耳后,穿一件对襟布衫,笑得有些拘谨勉强。另一张是程爷的彩色照,中山装衣领一路扣到下颏,一只手托着胸前那枚抗战胜利七十周年纪念章。程爷在照片里看上去很慈祥,每一根皱纹都很柔软,没有人会在那样的神情里想到拳头、手枪和炸弹。墙上的程爷俯看着床上的程爷浑浑噩噩地睡着,脸颊一起一落,鼻子里轻轻扯着风箱。

王钰的鼻子抽了一抽。屋里有味。

"不肯用尿不湿,总是要自己起来,动作慢,夜壶。"阿陶叹了一口气。

王钰嘘了一声,阿陶说不要紧,醒着他也听不见,半个聋子。

"程爷,王老师来看你了。"阿陶推了推程爷。

程爷的嘴咂了一下,却没有睁眼。

"这屋真他妈冷,你先别脱大衣。"阿陶抬头看了一眼空调,上面的显示是"自动"。他拉开桌子的第一个抽屉,摸出遥控器,调到二十三摄氏度。空调张嘴打了个哈欠,吐出些风来。

"每次都给他调到二十三摄氏度,你一走,他就按回自动。鬼知道自动是怎么设的,十七摄氏度?十八摄氏度?不冷才怪。"

"好办。你把遥控器没收了,恒温。"王钰说。

阿陶哼了一声,说:"他能挂着拐杖爬上桌子拔了电源,你信不信?"

程爷的卧室变了些样子,先前的灰泥墙壁和天花板,现在全换成了塑料贴面,就平整敞亮些。空调是新装的,电视机也换过了,用的都是这几年志愿队筹得的善款。

程爷的房子的确是乌龟壳,只有两间小屋,一间睡人,一间是灶披间。灶披间里一个柴火灶头就占去了一半,如今不用了,也没拆,只是在灶台上摆了个小电磁炉,剩下的空间里堆满了各式杂物。卧室里摆了两张单人床和一张桌子,走路得侧着身子。靠门近些的那张床原是阿婆睡的,如今堆满了物件,有阿婆留下的被褥和程爷换下来还没洗的脏衣服,也有重重叠叠的礼品盒。王钰瞄了一眼,有牛奶、蛋白粉、芝麻花生糊、麦片、干贝、各样水果饮品、复合维生素、软骨素、洗洁精、厕所用纸,还有两大包尿不湿。

"慰问品,有的是厂家送的。建军节,胜利日,国庆节,重阳节,元旦,春节,元宵。都挤在下半年,上半年毛也没有。这批应该是元旦刚送来的。他能用多少?还不是谁见了谁拿走。乡下的事,不在眼皮底下,管不了。"

王钰连忙拿出自己带来的驼羊奶粉,说:"你叫醒他,我马上冲了给他喝。我要看着他喝下,开了盖看谁还拿走。"

"谁?"程爷突然醒了,睁开眼睛,摸摸索索地想坐起来,被阿陶按了回去。

"是我,阿陶。"

程爷嘿嘿笑了,口齿不清地说:"陶老师,长远不见了。"

程爷管谁都叫老师,马老师,陶老师,眼镜老师,扁头老师,长人老师。

"没良心啊,上个星期龙头漏了,是谁修的?昨天还给你打电话,说王老师要来。"阿陶把王钰推到了程爷跟前,说,"这个王老师,前几年来过你这儿的。"

"程爷你还好吗?"王钰伸出手来,想给程爷握,程爷的手却藏在被窝里,不肯往外伸。王钰的手僵在半空,阿陶就知道没认出来。

"就是那个把你写到加拿大去的,堂屋墙上,报纸,四大张的,还记得啵?"阿陶贴在程爷耳边大声说道。

程爷挂在自己的胳膊肘上，撑起半个身子，嘴巴张得大大的，舌头死命地找脑子，脑子藏得太深，舌头很辛苦。

"助听器呢？怎么不戴？"阿陶打开桌子上一个长方形的铁盒子，眼镜在，却没看见助听器。

程爷一脸茫然。

"今天不是个好日子。"阿陶对王钰摇了摇头。

王钰把奶粉罐子举到程爷跟前，说："我带来的，新西兰出产的，好奶粉。泡了给你喝，好不？"

程爷点了点头，又摇了摇头，指了指自己的嘴巴。

假牙泡在桌上一个崩了瓷的搪瓷缸子里，水面上漂着一丝韭菜叶子。王钰看了阿陶一眼，阿陶也看了王钰一眼，最后还是阿陶伸出两根手指头，用指尖捞出了假牙，递给程爷。程爷嘴里没有多少肉，牙套格楞格楞地找了半天路才上了轨。

"春英，春英啊！"程爷大声喊道，牙齿嘶嘶地漏着风。

见王钰不解，阿陶就轻声解释说："就是那个拐了八百道弯的堂侄的媳妇。上午过来烧个饭、洗点衣服、给他买点东西，一个月两千块钱。全日制的保姆待不住，老头子舍不得钱。"

阿陶掏出手机，拨了个预存的电话号码，说："这个时候程爷还没吃早饭,你在哪里?"也不等那头回话,就挂了电话。

"西洋参,那个,西洋参。"程爷突然说。

阿陶大喜,说:"你想起来了?就是这个王老师,上次送你西洋参的。"

"程爷,我给你烧水泡奶粉。"王钰正要起身去厨房,却觉得袖子沉,是程爷的手。

程爷说:"有开过罐的,先喝。"

阿陶朝王钰眨了眨眼,说:"人间清醒。有什么事,你赶紧说。"

王钰在程爷的床边上坐了下来。床窄,怕碾着程爷的腿,她只沾了个边儿。过了一会儿觉出来程爷的腿只有一把骨头,离她还远,她才敢放心地放下了屁股。

"程爷,加拿大有一位,大学教授,他爸爸参加过,解放荷兰,今年一百零二岁。教授要和我,合作,拍一部小成本的,纪录片,记录他爸,也记录世界各地……"王钰犹豫了一下,咽下了"幸存"二字,"记录世界各地,二战老兵的生活。有手机公司,愿意赞助,只要我们全程,使用手机拍摄。我想征求,你的同意,愿不愿意,我们拍你的镜头?"王钰一字一顿地对程爷说。

程爷听了,犹犹豫豫地问:"格个荷兰,地方很远的吧?"

阿陶就吼道:"不用去荷兰。王老师问你拍不拍电影,当明星,就在家里,讲讲打鬼子的事。"

程爷哦了一声,牙套掉出一半,又塞了回去,说:"电影,好啊,拍电影。"

"不是讲打仗的,就是随便聊……"王钰还没讲完,就听见程爷在嚷嚷说,"春英啊,格个春英,换衣服呀!"

王钰从包里拿出一份文件,递给程爷,说:"我们有一份法律文件,英文的,有中文翻译。我给你念一念?不复杂的,但是你要,签一下字,授权我们,使用你的音像权。"

程爷歪过脸去,愣愣地看着阿陶。阿陶接过文件,拍了拍程爷的肩膀,说:"王老师问你同意拍电影不?同意就按个指印。"

这时春英走了进来。春英是个四五十岁的胖女人,穿了一身花棉睡衣,卷了满头的卷子,脚下趿着一双踩倒了跟的布鞋,走起路来踢踢踏踏,裤脚上落满了灰。见了阿陶,便热热络络地打招呼说:"陶大哥好久不见了,今天有空来看程爷啊?"

阿陶低头翻着手里的文件,不吱声,半晌才说:"我空得很,我来的时候没看见你。"

春英便有些讪讪的，看了看王钰，问："有客人啊？"

阿陶朝厨房努了努嘴，说："把上回云南孙总寄来的普洱敲一块出来，给王老师泡茶。王老师是远客。"

春英啪嗒啪嗒地走了，身子矮了几分。

王钰用肘子碰了碰阿陶，小声说："兔子也有虎威啊！"

王钰和阿陶都属兔，王钰大阿陶一轮。

阿陶哼了一声，说："别以为程爷家没人了。"

不一会儿的工夫，春英端了茶出来，放到桌子上，喏喏地说："我儿子发烧，今天没去学校。"

阿陶啜了一口茶，说："你招呼程爷把早饭吃了，换身干净衣服，王老师要做采访。"

春英热了牛奶，浇在一碗麦片上，一勺一勺地喂程爷吃。

"平常被褥要勤换。"阿陶说。

春英张了张嘴想说句什么，见阿陶的脸紧，就咽了回去。

喂完了，放下碗，春英找了套干净的毛衣秋裤，就去撩程爷的被窝。王钰扯了扯阿陶，两人便端了茶，掩上门出去了。

"这样好吗？"王钰问。

"有什么不好？收钱的时候挺痛快，人呢？三天两头不照面。总得有人替程爷说句话。"阿陶愤愤地说。

王钰扑哧一声笑了,说:"我是说那份文件。加拿大要求严格,要是没解释清楚哪个条款,将来怕是要吃官司的。"

阿陶喊了一声,说:"怕个头。程爷听我的。再说,谁告你?程爷老婆走了,也没有子女。你们那个教授到底有没有脑子啊?二战剩下的,都是百岁的人了,还有几个是人间清醒的?抢救历史,他懂不懂?"

王钰就不再吱声了。

五

王钰和阿陶搬了两张凳子,一人一边,门神似的在程爷门前坐下。太阳快升到头顶了,树上的叶子还没有落尽,雀儿在枝头窜来窜去。一眼望过去,路上连只猫狗都没有。邻居的菜地里,有个老妇人在弯腰干活儿,背对着他们,也看不清楚在做什么。四下静得很,妇人劳作的声响传得很远。咔嚓。咔嚓。咔嚓嚓嚓。

王钰就问:"中午上哪儿吃饭?你找地方我买单。"

阿陶说:"等一等老马,他刚发信息来,一会儿就到。"

王钰问:"老马不上班吗?怎么说来就来?"

阿陶说:"老马在图书馆上班,又在文史学会挂个职,两边是兄弟单位,跟这头说在那头,跟那头说在这头,自由得很。索性等你拍完程爷,我们去刘长贵面铺,开车十五分钟。三代人做的小生意,打仗也没关过门。他家短尺最好,大肠的一碗,猪油桂花的一碗,老马那个胃口,能一气吃两海碗。"

王钰突然就想起了那次程家阿婆给他们煮短尺的事。阿婆是很安静的一个老婆子,走起路来无声无息的,仿佛没在用腿。王钰和程爷聊天的时候,阿婆要么在厨房里忙活,要么就搬个凳子坐在过道里捡茶叶梗。后山有人种茶,收茶的时节忙不过来时,也会分点零活儿给村里人做。无论阿婆在哪个角落,她的耳朵一直在屋里,王钰知道她在听。

阿婆和程爷结婚四十多年,两人在一个锅里吃饭,却在两张床上睡觉。阿婆的头一个丈夫害肺痨死了,孩子也死了,是她睡得太沉,把孩子压死的,到早上才发觉。程爷知道她的事,她以为她也知道程爷的事,没想到一枚纪念章却送过来一个她不知道的程爷。她这才醒悟过来,她从前知道的程爷,只是程爷大故事里的一个小故事。她心里糙糙的像扎进了一捧茅草,说不出是个什么感觉。日子接着往下过,她一个人静静地就把心头的草捋顺了。谁知后来又来了一个王钰，又掏出些新故事来。她只觉得她的丈夫像集市里卖的香料罐子，大罐里套着小罐，小罐里套着更小的罐，掏出一个还有一个，却永远也不知道哪个才是最后一个。

"程爷跟阿婆感情好吗？"王钰问阿陶。

"半路夫妻，结婚的时候阿婆就生不得孩子了，又能好到哪里？后来有了民政补贴，日子顺了些，可惜没几年就走了。"阿陶叹了一口气。

"程爷在县城读过书，又跟着美国人当过兵，在外头闯荡，就没有碰上自己喜欢的？"王钰问。

这句话她八年前就想问。那次她在程爷家里磨了一整天，这话也在她喉咙里堵了一整天，到最后也没吐出来。阿婆的耳朵无处不在，堵住了王钰的口。

"你知道程爷为什么给判的刑吗？"阿陶问。

"不是打架伤人吗？"

"是为什么打架？"

王钰摇了摇头。

"程爷有不能说的理由。"

王钰知道故事来了，就把茶杯放在地上，掏出手机就要录音，却被阿陶一把夺了过去。

"这事程爷只跟我说过，连老马都没说。你敢写出去，我就敢告你没给程爷解释过授权条文。我是直接证人，你信不信？"

王钰见阿陶急得额头上暴出青筋，就笑，说："我信，在程爷这儿你就是天。"

阿陶这才把手机还给王钰。

"程爷被关了十五年，是为了他嫂子。"阿陶说。

王钰吃了一大惊。前次程爷把当年的逮捕令、审讯笔录、判决书都拿给她看过了，从头到尾，只字没提起过他嫂子。

"嫂子进门的时候，程爷已经回乡务农好几年了。村里人都道是他在外边待腻了，终于浪子回头，却没人知道他当过兵，连他爹娘也不知道，他没告诉人。"

程爷只有一个哥哥，哥哥娶亲的时候，已经是新中国成立后了。政府提倡移风易俗，新娘子就免了遮盖头坐花轿的繁文缛节。那头的爹把女儿送到村口，这头程爷陪着哥哥去人家村口迎亲。结婚前，两人只在介绍人家里见过一面，女人脸皮薄，不敢抬头，只粗粗看了个大概。程爷和哥哥长得很是相像，那天走在前头替哥哥开路，新娘就误以为程爷是新郎。程爷是识文断字见过世面的人，一件白衬衫扎在卡其裤子里，口袋上别一支英雄钢笔，做派自然与纯粹的乡里人不同。新娘见了暗自欢喜，脸红红的，便跟在程爷身边走,倒把真正的新郎落在后头了。

新娘子的爹是木匠,木匠有手艺,家里日子过得比旁人强,女儿也少受了些风吹雨打的苦,就比别人显得细皮嫩肉些。那正是油菜花开的时节,满地的黄花,衬着一片瓦蓝的天。新娘子穿了件红布衫子,刚开过的脸粉白生光,鬓旁簪了一朵红绒花,走起路来裤管里灌满了风。程爷见了,只觉得两腿化成了水,再也走不得路了。他不知道自己这一路是怎么走回家的,只隐隐记得新娘子的一条月白绣花手绢,一半捏在手心,一半露在外边,在他眼角一颠一颠地飘着,像只扑扇着翅膀的鸟儿。

"'画儿里的人',这就是程爷的原话,我没编排。"阿陶说,唾沫星子在阳光里飞成碎银珠子。

新娘子到了家,拜公婆时才明白程爷不是新郎,心中到底是怎么想的,程爷自然不清楚。只是自从嫂子进了门,程爷便再也不肯在桌子上吃饭,每天只端了一碗盖了浇头的米饭,一个人坐在门槛上埋头吃。即使不抬头,也知道嫂子在哪个角落,忍不住就要脸红。从此他在地里的时候就更长了,干活儿也更卖力气了,回家却没有几句话。爹娘见了觉得奇怪,倒是宽心些了,以为这些年在外头吃的苦终于把他给修理老实了,便开始托人给他张罗婚事,他没说肯也没说不肯,只是一味地拖着。

有一天下午，程爷正在田里间苗，天突然下起雨来，一时半刻没有停的意思，他就跑回家来躲雨。他一头冲进厨房，正想从水缸里舀水喝，却猛然看见嫂子一个人站在屋角，正拿着一块毛巾擦拭胸脯。嫂子刚生孩子不久，身子丰腴了些，那片雪白像根棒子砸在程爷脑门上，砸得他脑子一片空。嫂子没想到这个时候程爷会回家，一时脸涨得绯红，飞也似的跑回到自己的房间，砰地撞上了门。程爷站在厨房里，不知该进还是该退，恨不得一头扎进水缸里，不是图死，而是图个凉快清醒。

过了一会儿，程爷听见窸窸窣窣的声响，知道是嫂子出来了，却不敢抬头。嫂子把一个搪瓷缸子塞到他手里，轻声说："小宝喝不了，泼了也可惜。你要是不嫌弃，趁着还暖和喝了。"

程爷捧着缸子回到自己屋里，坐在床沿上，浑身格格发抖，缸子端不稳，差点洒了。发了一会儿呆，才慢慢喝了。一股温热顺着喉咙走下去，到了心尖，就不往下走了。他并不记得是什么味道，只觉得他已经把嫂子喝进肚子了。从今往后，嫂子在不在眼前都不打紧，嫂子已经在他身子里了。

小宝五岁的时候，和程爷家隔了三个门的老绝户胡爷收养了一个儿子，取名阿旺。那阿旺三心二意地跟着胡爷学杀猪宰羊骟牲口，却不学好。程爷的哥哥是泥水匠，时常在外头给人盖房子。只要嫂子一人在家，那阿旺就会有事没事地凑过来搭讪。嫂子面皮薄，说不出难听的话，只是紧紧跟了婆婆，婆婆上哪儿她就去哪儿，总不肯一人待在家里。

有一天，嫂子跟着婆婆去田里送饭，阿旺也在，当着众人的面，阿旺又拿话来撩拨嫂子。乡下人生性粗鄙，并不当回事，都嘻嘻哈哈地起哄。嫂子把头沉了，说不得话。谁也没料到程爷一声不吭，直起身，一锄头就朝阿旺砍去，酿出了大事。

警察来的时候，嫂子像换了个人，全然不顾颜面，嚎得像一个泼妇。程爷身子已经在警车里了，嫂子还是扯住他的胳膊，死死不放，最后还是警察拿警棍才敲散了。程爷从车窗里探出头来，说了一句："好好在家。"程爷总共也没和嫂子说过几句话，这句话就是最后一句。可是这话说了也是白说，等程爷出来的时候，程爷的哥哥去世了，嫂子已经成了别家的人。

程爷被抓起来，一提审，就直接认了罪。只说和阿旺素来不对付，却只字不提前因后果。他不想说出嫂子的事。嫂子是他心头的事，心头的事只能在心头放着，进不得他人的耳朵。

王钰听了，只是唏嘘。这不是她期待的故事。她期待的故事里有一个梳着长辫子的女同学，或者，一个剪短发的女战士。

"假如程爷回来，嫂子等住了，你说会怎么样？"王钰怔怔地问。

阿陶就笑，说："琼瑶小说看多了吧？能怎么样？程爷出来时已经是个半老头子了，要体力没体力，要手艺没手艺，又有前科，出门连个介绍信也打不着，拿什么养嫂子？拿什么给小宝娶亲？萧寡妇没儿没女，省心。"

王钰想找一句话来怼阿陶，搜肠刮肚，竟然找不出一个字。

这时春英就来喊话，说："都收拾停当了，可以开始了。"

六

王钰和阿陶回到屋里，见程爷已经梳洗过了，戴了助听器坐在床上。吃过了早饭，程爷的颊上仿佛添了几两肉，平顺了些。春英给他换上了一套仿军服样式的厚布衣服，脖子上挂了那枚纪念章，整整齐齐规规矩矩的，像个老新郎。

"演出服。"阿陶小声说。

王钰架好三脚架，调好光线，退了一步看画面，觉得程爷身后的床铺凌乱，便过去把被子叠成一个长方块，再去挪枕头。枕头芯子里啪地掉出一样东西，她捡起来看了一眼，又慌忙塞了回去。她把枕头啪啪地拍松了，放到被褥上面。床单是春英刚才匆匆换过的，全是又硬又长的褶子。王钰拿手撑掸了几下，也不见好，就算了。再退回去从镜头里一看，大致看得过去了。

"不要紧张，就是聊家常，你想说什么就说什么，就当是和阿陶聊天。"王钰对程爷说。

"程爷，王老师跟你说笑话呢，这回你金口一开，全世界的人民都听见了。"阿陶站在王钰背后喊道。

程爷捂住耳朵，说："陶老师，你好大声。"

阿陶就笑了，说："忘了你戴助听器了。"

王钰朝阿陶瞪了一眼，说："别吓唬程爷，就是家常聊天，放轻松。"然后做了个手势让众人安静。

王钰一说"开始"，就看见有一股子气噌噌地从程爷的脚底蹿上来，一路蹿到脑门心，程爷的眼里便有了光。他倏地坐直了，把手里捏着的那副老花镜戴上，从兜里掏出一张皱巴巴的纸，近近地凑到眼前。

"全世界的朋友们大家好！我叫程高远，浙南芦安县裕元村人，我是抗战老兵。当年日寇侵犯我中华，蹂躏我大好河山,我热血沸腾,同仇敌忾,一九四三年十一月参军,一九四四年九月参加中美联合特种技术训练班,心怀国恨家仇,视死如归,要把日寇赶出国门……"纸有两页,程爷一字一顿地念,颧骨一起一落,只念得额头暴出一根根青筋。

王钰忙喊停,说:"程爷你喝口水,先歇一歇。"

然后便拉了阿陶进厨房,悄声问:"程爷现在都这么说话?谁给他写的稿子?"

阿陶说:"他自己。这几年媒体来得少了,但附近有知道他的人,便时不时来这儿打卡,拍了视频到处乱发蹭流量。志愿队拦了多回,但我们人不在跟前,也没有办法。他分不清来的是什么人,脑子又不如从前了,就写了一张纸,谁来了都说一样的话。今天算不错,还知道加上个'全世界的朋友们'。"

王钰一屁股坐到灶台前的小板凳上。灶台多年不用了,风箱的把手上攒了一层灰。墙角放着一捆引火柴,有年数了,隐隐散发着一股霉味。

"我们要拍和平年代的日常,你说程爷能懂这个意思吗?"

"日常个头。一辈子烂糟糟的日子,就这么一个高光时刻,他不说这个说什么?"

王钰无话。

阿陶想了想,说:"你别这么正儿八经的让人摆着端着。没有摄像机的时候,他就日常下来了,一会儿你跟着他悄悄地拍,不说话,到时你编点画外音,有个影总比没有强。"

阿陶做抖音做成了精,已经是半个视频剪辑专家了。

两人再回到卧室,见程爷靠在被褥上养神。刚才那一段话已经耗完了他的元气,他连眼睛也懒得睁。

阿陶就对王钰说难得天这么好,不如让程爷在门口晒会儿太阳,养点精神头,一会儿再拍。

两人就搬了张竹靠椅出来,拿个枕头垫着椅背,一左一右地搀扶着程爷慢慢走到门外坐下来。程爷眯缝着眼睛,默默地看着门前的那条小路。路边的向日葵已经枯萎,在无风无尘的太阳底下低垂着暗褐色的头,鸡在地上走来走去啄食。路尽头传来一阵低沉的马达震颤声,由远至近,越来越响,最终在程爷门前停了下来。是一辆摩托车,喷出来的气溅得石子四下乱飞。骑手摘下头盔和遮阳镜,王钰才看清是老马。

老马熄了火过来,握了握王钰的手,说:"王老师,你一点没变。"

王钰说:"我没变,马老师变了。"

老马说:"八年了,能不老吗?"

王钰说:"不是的,上回见你,开着一辆破车,还是人民公仆的模样。什么时候你出演警匪片了?"

"老马又交了个女朋友,这个是摆酷一族的,走的是背包客路线。老马炮换鸟枪,买美人一笑。"阿陶告诉王钰。王钰知道老马离婚多年了,不着急再婚,只是不停地更换女友。

老马踢了阿陶一脚,说:"阿陶的话,你信百分之七点六八就差不多了。天天上班堵车,这个畅行无阻。"

老马从背包里掏出一个纸板盒子,小心翼翼地递到程爷跟前,说:"程爷,我给你带来个稀罕物件。"

阿陶替程爷打开了,里头是个竹笼子。竹笼里趴着一只虫子,一个手掌长,一身翠绿,羽翼边缘夹杂着隐隐几丝金黄,腿高高地拱着,神情很是机灵活泛。

"蝈蝈,我以为是什么呢!"程爷咧嘴笑了。

老马拍着大腿说:"程爷,这可是冬蝈蝈啊,这个时节你上哪儿找蝈蝈去?我花钱网上买的,要是路上死了或残了,包赔。"

程爷摇摇头说:"马老师阔气,花钱买个虫子。"

阿陶拍了拍程爷的肩膀,说:"马老师怕你孤单,买个蝈蝈陪你。"

"这是绿蝈蝈,算是个名种。家里养殖的,养大了才卖。贵是贵几个钱,却是唱过歌儿的。太小了买来,你不知它长成个什么样儿,能不能开声。"老马解释给程爷听。

春英听见外头有响动,便也出来看稀罕,老马拉着春英就说:"这事我交给你了,别到你手里三两天就给养死了。头几天找点虫子喂喂,米虫子、面包虫子、玉米虫子,啥都行。后头喂胡萝卜就行,最好切丝,它好咬。每天拿出来遛遛,桌上铺条湿毛巾,温热的,上边放上胡萝卜丁儿,让它爬出来散散步。饭也吃了,路也走了,澡也洗了,这一趟全有了。蝈蝈腿一干裂,就会自个儿咬断,这个不能发生。"

春英听了啧啧咂嘴,说:"这玩意儿田里到处都是,现在倒变成稀罕物了,伺候我老妈都没有这么麻烦。"

程爷伸手就要开笼子。

阿陶一惊,说:"要飞走的。"

老马说:"没事,养殖的没见过世面,老实。"

笼门开了,蝈蝈没动,仿佛在侦察四周环境。过了半晌,才慢悠悠地爬出来,爬到了程爷的腿上。程爷用手指头轻轻地触碰着蝈蝈的触须。程爷的影子投在蝈蝈的身子上,一半明,一半暗,暗的那边是墨绿,明的那边是翡翠。蝈蝈不出声,程爷也不出声,程爷看着蝈蝈的眼神越来越软，呼吸越来越沉。众人一抬眼，发现程爷已经睡着了，脑袋歪在肩膀上，嘴角流着一线涎水，眼皮一跳一跳的，仿佛在做梦。

程爷做的是什么梦呢？程爷或许梦见了一个穿着丝葛长衫戴着礼帽的年轻后生，拄着一根文明棍，走在县城的街上，心跳如擂鼓。他的眼睛很忙，盯着前后左右的人，也盯着沿街的每家店铺。他不知道这一趟走过去，还会不会有下一趟。

或许程爷梦见了一片开阔的农田，油菜花开得正好，一望无际的油汪汪的黄。小径的尽头有一颗鸭蛋黄大小的太阳，近近地贴在地皮上，一颠一颤。太阳有腿，越走越近。渐渐地，他终于看清，是一件红布衫。

这是一个被分成了两段的梦？还是两个单独的梦，被缠结在一个梦境之中，无法相互剥离？世上果真有平行空间吗？两个在平行空间行走的人，不小心走进了程爷的同一个梦中。他们最终会穿插而过，还是始终平行，永无相会之日？王钰胡思乱想着。

嘎儿。程爷腿上的蝈蝈突然叫了一声。这声音初起时像个磨盘，浑厚结实，收声时突然生出一根钢针，把耳窝掏出个洞。程爷一下子惊醒了，倏地睁大了眼睛，茫然不知身在何处。

"天爷,小寒啦,它还唱。"阿陶惊呼。

"只要温度够高,大寒它也能开声。"老马说。

众人便屏了呼吸,等待它发出第二声。等了半晌,却没有动静。

阿陶就推了推老马,说:"把你哄婆娘的本事拿点出来,哄一哄蝈蝈。"

老马果真捏了鼻子,发出各种糯软的声响来引逗蝈蝈。蝈蝈仰了头,身子纹丝不动,像一只玉制的古玩,再也无声。

阿陶看了看表,对王钰说:"趁程爷这会儿醒着,赶紧把视频拍完了吧。"

王钰晃了晃手机,一脸是笑,说:"没看见刚才我在拍吗?精髓都在这儿了,其他的,可有可无。"

众人晒了会儿太阳,扯了些没边没沿的散话,见程爷眼皮又开始耷拉,就把蝈蝈收进笼里,搀了程爷回屋,脱了外套、卸了助听器,扶着他躺回到床上。程爷的两颊瞬间塌陷了下去,嘴张得大大的,鼻腔里发出些轻轻的嘶声。

阿陶就问春英:"程爷最近都这样渴睡吗?前阵子像是好些。"

"快一百岁的人了,还能怎样?一根蜡烛烧到头,就剩这点力气了。早上使了,中午就没有。"春英说。

众人收拾了东西，正要走，程爷突然啊了一声，从被窝里伸出一只手来，拽住了阿陶的衣袖。阿陶俯身，只见程爷依旧闭着眼睛，嘴唇颤抖着，想说什么，却什么也没说。

"程爷，改天我再来。"阿陶想掰开程爷的手，没料想鸡爪一样精瘦的一只手，却有着牛一样的气力，阿陶竟然掰不动。

"程爷，你听着，我和老马一定会送你上山的，你不会一个人的，放心。"阿陶蹲下来，贴在程爷的耳边，轻轻地说。

程爷慢慢松了手。

阿陶站起身，看见王钰的摄像头灯还在闪，可是她却没有在看镜头。她正在窸窸窣窣地擤着鼻子。

七

半个小时之后，他们已经坐在刘长贵面铺店里了，各人要了一碗猪大肠短尺，吃得满嘴流油。吃完了，老马把空碗一推，打了个响亮的饱嗝，说："王老师，再来碗猪油桂花的？洋人饭后不都爱吃甜食吗？"

王钰说："吃就吃，谁怕谁。"

老马就对阿陶说:"我喜欢王老师的范儿,从来不拿减肥说事。"

王钰说:"我又不肥,减个大头鬼。"

阿陶说:"王老师外行了吧,减肥跟肥有个毛关系,是思想问题。"

"程爷回乡几十年,村里人为什么都不知道他当过兵?"王钰突然问。

阿陶看了一眼老马,老马就说:"看我做啥?你想说就说。"

阿陶这才压低了嗓门说:"程爷是逃兵。"

见王钰一脸诧异,阿陶就笑,说:"打日本的时候没逃,是后来逃的。日本人投降后,程爷跟着部队接管南通。后来看着形势不对头,他不想打自己人,就在开拔途中跳进河里,埋在水底,嘴里叼了根芦苇秆吸气。躲了半天,直到部队都走完了,他才爬上岸。那个时候抓到逃兵是当场枪毙的。他在外边流浪了好几个月,等风声静了,才敢回家。当初他是路上被抓了壮丁,乡里并没有入册,程爷自己不说就没人知道。后来全国解放,程爷暗自庆幸,亏得自己嘴紧。那次打伤阿旺,他一开审就立刻认罪,是为了保住嫂子的名声,也是怕公安机关追查他的背景。"

老马摇摇头叹息说:"这件事上他是躲过去了,可别的事上他却栽了个大跟头。十五年有期徒刑,人生有几个十五年?躲来躲去,他还是没躲过命。"

猪油桂花短尺端上来了,又是油汪汪的一大盘。王钰真是饱了,速度就慢了下来。

"刚才……"王钰开了个头,又顿住了,最终还是忍不住续上了话头儿,"刚才我整理床铺,发现程爷枕头里掉出一样东西。我眼贱,拿起来看了一眼,是存折。户头上刚转出去二十万,日期是前天的,余额还剩下三万多。"

阿陶和老马同时搁下了饭碗。

"转给谁?"老马问。

"是一串号码,没有名字。"王钰说。

"妈的,这事拿脚都想得出来。程爷自己去不了银行,也不会手机转账,他能转给谁?"阿陶愤愤地说。

"你们不能过问一下吗?"王钰说。

阿陶和老马都不吱声。半天,老马才说:"志愿队有纪律,我们不能介入老兵的家事,尤其是财务纠纷。除非老兵自己提出来,我们可以帮着反映给有关部门,他们来调查。可是程爷自己没说话。"

"你们不可以悄悄问一问程爷自己吗?"王钰说。

阿陶看着老马,老马扭头看着窗外。三人便都不说话，空气凝重起来，桂花短尺的碗面上结了一层白色的猪油。

"我去问。你是队长不好说话，你当作啥也不知道就完了。"阿陶说。

"人老了真他妈不好玩。"老马砰的一声扔了筷子。

"有本事你别老。"阿陶哼了一声。

三人吃完饭，结了账，站起来，慢慢地朝停车场走去。太阳有点偏了，王钰缩了缩脖子。小寒日的阳光靠不住，说冷就冷。空中飞过一队鸽子，鸽哨声嘤嘤嗡嗡，一路远去，不绝于耳。

"有个事儿，一直想问你们两个。"王钰说，"那年我把采访的报纸寄给程爷，后来给他打过一个电话，问收没收到，看了有什么想法，他哼哈了半天，很敷衍，是不喜欢我写的东西吗？"

老马和阿陶对看了一眼，没立刻回话。最终是老马先开口的："当然是喜欢啰，不喜欢他能这么郑重其事地贴在墙正中吗？"

王钰横了老马一眼，说："说实话。"

阿陶拿胳膊肘撞了撞老马，说："跟王老师你就说实话吧。程爷反复看了几遍，才说：'这女子在国外待傻了，一点不懂中国的路数。'"

王钰一下子愣住，久久无话。

世人还是喜欢英雄的，所以手游公司能日进斗金，所以才会有长盛不衰的好莱坞。王钰想。

二〇二四年二月八日于多伦多